# 泡泡糖城市

Eckes／著

# 目次

# 一、明日這座城市會落入誰的手中呢？

1

世界躊躇著。無預警的災厄像是急竄入家門的蝙蝠令人猝不及防、手忙腳亂地應付著，但卻心力不足地只能呆愣著看著蝙蝠亂飛亂竄，然後天空下起滂沱大雨。

我曾經獨自一人躺在床上思索著自己是不是在命運的選擇上缺乏什麼必備條件，或我們稱為眼光的東西。沒有好眼光的我總是在關鍵的交叉口上做出錯誤、失敗的選擇，這讓我氣餒不已，卻又無話可說。

「都是自己的選擇，自己要承擔哪。」

心裡的聲音明確而直白地這樣跟我說。我側耳傾聽著。

街上的人潮不再絡繹不絕。人們安靜、沉默地踏著平穩的步伐。腳步聲聽起來不疾不徐，我想某種程度上也應證著一種習慣式的安然。但不能完全認定是認同這個局勢，只是順應著。

順應著。順應著嗎？聽起來帶有一絲不苟同感，我也不是完全不能理解，因為這正是這世界躊躇的原因之一：彆扭的矛盾。所謂的矛盾，無疑是正反之間的拉扯。套用到現實面來說，便是正論以及反論間的攻防。說攻防也不像籃球等球類運動那種熱血刺激的對抗，反而是醜惡的政治角力或是財團私底下的串通交惡。那彆扭呢？彆扭會以什麼樣的形式存在呢？這實在難以說明，因為彆扭本身是無形的，透明、隱形般的純粹。既摸不著也看不到，卻能給予無法被掌握的適度扭曲、歪斜。究竟是怎麼樣的不對勁才能去延伸或是想像出如此窘境呢？我想不透。

我戴上耳罩式耳機，嘗試隔絕著這難以下嚥的異樣感。被哽住的感覺是不暢通、難耐的。沒有人希望這樣，但沒辦法。

氣溫是稱不上嚴寒的十三度，不上不下的溫度反而讓人拿捏不出所謂的標準。像是衣服要穿幾件，要不要攜帶圍巾，是不是會下雨。其實下雨跟氣溫應該沒直接的關係，要觀察的或許是溼度。但總之是個麻煩的氣溫區間，若是沒拿捏好，一不小心不是穿太多就是穿太少，讓自己被風吹得頭痛抑或是滿頭大汗。

「首先，你說你要申辦什麼呢？」

穿著長袖襯衫、戴著黑框眼鏡且頭髮稀疏的男子以事務性的口吻問。他沒有繫著領帶，襯衫最上頭的鈕扣開著。襯衫的腋窩處能看出汗漬。

「短期失業補助金。」我機械式地回答。

「我看看。」男子於電腦上敲敲打打。

我沉默地看向他稀疏的頭髮。

「很抱歉，你的資格不符。」男子鄭重其事地宣布。

「不符合？」我以刻意的口吻略帶吃驚地詢問。

「是的，這邊查看你的離職原因是『驚覺世界不安全』的自願性離職，非企業因素解僱。若是非被迫性離職，我們沒辦法也沒名目為你申請補助。」

「原來如此。但世界真的不安全。」我辯解。

「縱使如此，許多人仍咬著牙關在外打拼著。外頭危險再多，為自己負責，不讓日子過不去也是必須維繫的基本原則。否則我也不必坐在這裡，可以開開心心領著補助了，不是嗎？」男子十分冷靜而直截了當地說。

「你說得對，無法否認，大家都很辛苦。」我點點頭。

「還有什麼需要幫忙的嗎？」男子敲敲桌上的原子筆，一副「該走了吧？」的口氣。

「沒有。」我說。隨後乾脆地站起身，步出區公所，隨後走向旁邊巷子的黑暗裡。

路上依舊沒有任何人。台北像座泡泡糖城市，我們被隔絕，被關注；喪失溫柔，喪失情感；步伐不再雀躍，不再有溫度。雖然不像喪屍，但和行屍走肉的距離或許只有咫尺；有時候會感到厭煩，無比地痛苦。「受夠了！」的吶喊在心中不知道迴盪多少次。心是否還端正、還圓滑呢？還是已經成了有稜有角的沉重包袱呢？

我自忖著，同時望向灰濛濛的天空。

「明日這座城市會落入誰的手中呢？」

我向空氣拋出了疑問，獨自走向公園。紙箱、紙屑被風吹得四散，這股凌亂感和社會的現況有著異曲同工之妙。我不是不能理解面對窘境必須突破的精神，但有時候無力感就像劇毒的糖衣包覆著名為現實的白老鼠，一步一步邁向死亡。我希望有人能夠理解我，然而此時我孑然一身，白老鼠的無力感也籠罩於我。我嘆了口氣，嘴裡吐出白煙。氣溫是不上不下的十三度。

## 2

橋下的溪水乾涸是多久以前的事呢？我逕自思索著，將頭歪一邊，手扶著下巴，陷入長遠的思考中。像海一樣，當我一腳跌入浩瀚的腦海時，縱觀的景致會浮現出令人咋舌的藍色大海。上一次出國是什麼時候呢？為了這片大海我做出離題的延伸探索。好幾年前，至少有十年了吧？想不到已經度過了這麼一長段的封閉時光，可真是不可思議。是什麼時候習慣的呢？我搖了搖頭，不能再去想有關習慣的事了。所謂的習慣，簡直是麻痺的正面思考，實際上是一種墮落性的展現；只因為是隱性的緣故，使我們下意識地避開而已，骨子裡倒是同個模子刻出來的。所以我回歸最初的議題：

橋下的溪水。

我倚靠在橋上的欄杆，一面望著天空一面找尋答案。灰濛濛的天空不會給我答案，但我想我自己也沒辦法吧？畢竟在不知不覺間，我已經如手中的沙般一步步遺失關於自己的意志類產物。不是說我失憶，只是變得不知道自己想要什麼、不想要什麼；在乎什麼、不在乎什麼。很單純地放空自我，讓襲來的時間吞噬著每一刻，並且甘願地將情感拱手讓人。

說到底這可能只是我的一廂情願而已，或許根本沒有人想要關於我的感情或是之類的產物。可是也沒辦法說得那麼肯定，確實是有單位正猶疑著，想要一點我的東西。

想著想著，遠方原本渺小的身影越來越大，越來越清晰，肉眼也逐漸能辨識佇立在眼前的人影。男人戴著不合時宜的魔術帽，著正裝打領帶，整齊的西裝看得出來精心燙過的痕跡。他不懷好意地看著我，露出詭譎的笑容說：

「先生，考慮得怎麼樣呢？如同小弟先前和您說明，是否願意和小弟達成交易協定呢？」

我一言不發。時間突然間像是被按了暫停鍵般，停止了所有流動。

「小弟知道您會有所考量，但這是極誘人的交易對吧？小弟可不是什麼只圖單方面利益的不肖人士，益處、劣處小弟都清楚明白地告知您了。小弟之所以這麼積極地來說服您，也不是因為對小弟我的好處比較多而已，綜觀全局，這項交易對雙方都有滿溢出來的優勢，您也清楚吧？」

清楚，我說。

「您有什麼不滿意，或者需要小弟調整的部分都可以直接說出來，一切好商量。」

說實在的，實在太過於完美，完美到我沒什麼好建議或者修改提議的部分，我說。

「這就對了不是嗎？那就趕緊來簽合約吧？」

但不太對，我說。我認為正因為太完美，才有讓人存疑的地步，更何況我不能只端看好的部分，而忽略掉不好的那一面，我清楚地告知那名男人。

「是噢，太過於完美也是缺點是吧？您真是教會了小弟許多道理。這可不是諷刺噢，是小弟打從心底的有感而發。」男人說。

完全感受不到他所謂的「打從心底」的那股底蘊。

「小弟要怎麼提供條件才能說服您呢？還是小弟降低您那邊的好處，讓您可以放心呢？」男人以苦惱的口吻加強語氣地說。

我雙手抱胸，被迫性地思考。這名男人的出現無疑破壞了我原本的樂趣——探索有關橋下溪水的奧祕。在這索然無味的世界中能找到一件有意思的事情實屬難能可貴，卻被眼前這位多事的傢伙破壞了，我非常不滿。

「您別這樣看小弟嘛，小弟怎麼會知道您原本在做些什麼，才讓您以一副小弟打擾您的表情思考事情，那股哀怨都從您皺起的眉頭流洩出來啦。比從堅固地面冒出的溫泉還洶湧呢。」

我重新拾起原本打算放下的無奈眼神，看向眼前男人的鬍子。雖然剛才沒提到，但這男人有著濃郁的八字鬍；眼睛的話我則看不到，基於某些緣故無法看見他的眼睛。但我是直視著他整張臉的，為了表達我這個人和平、保守的不滿。

「不如這樣吧，小弟減少自己的好處，讓整個天秤稍微傾斜至您那端怎麼樣？聽起來更合理一點吧？給您太多益處讓您擔憂的話，那就減少小弟的部分，讓小弟我委屈一點，以示真誠，您說如何呢？」

讓我考慮一下吧，現階段可能不是最佳時機，我說。

「沒有問題。小弟已經給過您很多張小弟的名片了，這次我們就省略這個步驟吧。但老生常談的，莫過於當您想清楚、下定決心之時，務必撥打名片上的電話，小弟即使在百忙之中也被放下手邊的雜務，奮不顧身地捨命來到這裡，您明白吧？」

明白，但對你來說吸引力就大到這個程度嗎？我問他。

「這當然，您也知道這是一個什麼樣的世代，如此夢境般的交易已經可遇不可求了。光是人口已經劇減這件事實就讓人吃不消了吧？為了攤平損失，能做多少便做多少，正是小弟目前的人生目標呀。」

我嘆了口氣。想批評真是滿口胡言卻又無法辯駁。撇過頭來男人已經無影無蹤地消失，曾一度停止的時間流動則恢復了。世界依然還是那個頹靡的世界，沒有改變。而我終究沒有想起關於溪水乾涸是多久之前的事。倒也不重要了。

### 3

打開家門，安靜的沉默首先敞開雙臂歡迎我，這真是無言的享受。屋裡可說是空曠，也可說是凌亂。怎樣都好，現在只想拋開所有思緒，好好地躺在床上睡個大頭覺。如執行程式般的規律程序，我脫下全身衣物，洗了個舒服的熱水澡。套上充滿衣櫥味的上衣、內褲，杵在房子最中間，聞著喪失一切的味道，那是空虛還有寂寥組成的廣義的味道。窗外雷聲響起，下起滂沱大雨。簡直是上蒼放棄人類的淚水般，雨水倒灌著城市。沒有停滯一時半刻，毫不留情地一直下。給人一種真的遲早會淹過幾十層樓的錯覺。

我氣力放盡地倒向單調而無趣的床，說柔軟也還好，至於生硬到不舒服，好像也沒有到那種程度的平凡床墊而已。不過就單純睡眠來說已足矣，多餘的奢求在這裡可沒什麼意義。

「縱使如此，許多人仍咬著牙關在外打拼著。外頭危險再多，為自己負責，不讓日子過不去也是必須維繫的基本原則。」區公所裡頭髮稀疏的男人這麼說道。隱藏滿滿攻擊性的話語如響徹雲霄的雷般迴盪在我心裡深處。然而，聽到這句沒有溫度的話，我卻生不了氣。總覺得好像說進我心坎裡，被說服似地接受。這種程度的妥協當然令我無力又沮喪，但真正無力的是我無法反駁。真實感壓得我喘不過去。

我做了夢。

黑暗延綿至每一處，被那漆黑迫切追趕的我不得不遁入這世界唯一被光明點亮的小木屋裡。小木屋裡有六個人，三男三女，包含我便是四男三女。男人分別是一位白髮蒼蒼的老者、一位年約四十歲的壯碩男人，以及一位大概和我年紀差不多的瘦弱男人；女人的部分則是一位四十歲左右的婦人、一位同樣我和年紀差不多的長髮貌美女人，最後是一位年紀大約十歲左右的女孩。我們共處一室但每個人皆凝望著壁爐裡的光源——火，沒人說話。

彼此猜疑著嗎？我不清楚，但至少不會對彼此有好感，大家的情緒都亂糟糟的，無比低落。率先打破沉默的是長髮的女人，她強顏歡笑地想要讓氣氛更融洽一些，不過卻製造出反效果，最後乾脆回歸冷漠的一角，讓氣氛持續嚴寒。小女孩一臉無邪地望著眾人，不對，與其說是無邪，不如說是那反面的存在——看透一切的汙濁眼睛。究竟要怎麼樣才能誤會那對眼睛呢？我問小女孩：

「妳在看什麼呢？」

她頭也不看向我說：「我正在觀摩人類。」

「妳不也是人類嗎？」我問。

小女孩以失去抑揚的口吻說：「是吧？或許也不是？但我想我不論是什麼，觀摩人類這個程序都是一樣的，死板而滑稽。」

「死板而滑稽？這句話聽起來充滿了矛盾。」我說。

「當然，」小女孩說。「這是以被觀察的角度來說。對我來說則如同我所述的那樣。」

「意思是我也是被觀察的嘍？」

「不知道呢，至少你不存在。」小女孩說。

我不存在？

這才發現我其實並不屬於這三男三女中，我打從一開始便沒來得及踏入小木屋。我回頭看見門外的自己的身影正被黑暗吞噬著。那現在的我又是什麼呢？

「靈魂。或是類似的存在吧。」小女孩說。「所以我說我正在觀摩人類。」

小女孩逐漸透明，原來這裡實際上不是四男三女，而是三男兩女。

一陣如地雷轟炸般的響雷將我從這混濁的夢中喚醒。我意識到我流了滿身大汗，衣服都汗溼了。真是不可思議的夢，好久沒夢到如此醒來後還充滿記憶點的夢。以往的睡眠都是正常的，醒來後忙著盥洗，準備上班，根本沒有時間回顧自己的夢；但現在有的是時間，因為我才剛被社會拋棄，不，是我剛選擇拋棄社會。

夢的斷點十分令人在意。我躺在床上聽著雨聲，一邊咀嚼著夢境。那個小女孩本身是什麼涵義組成的象徵吧？不禁這麼想。原本想試看看能不能睡個回籠覺，再回到那個夢的，卻沒辦法。沒一丁點疲倦感實在睡不著。我坐起身瞄一下時鐘，不知不覺已經睡了三個小時左右，著實夠會睡的。

有點想散步。我再次走出家門，搭乘電梯到一樓，正準備步出社區大門時，卻發現淹水了，淹到膝蓋的高度，而且雨仍持續下著。眼看水將越淹越高，無奈之下我只好回到家中作罷。

## 4

誰能想到一淹就是淹一個禮拜呢？雨相當稱職地下了一個禮拜。管他是西南氣流還是西北氣流，總之在雨神的咆哮下，世界各地都只能退避三舍地接受著這沒有盡頭的雨。以永無止盡來形容不會太過分，因為真的每分每秒都在下雨，簡直如路邊故障的遊戲機台般無節制地供人遊玩，雨也如此無節制地下。因為這水淹得太過突然，導致原本快失去運作機能的台北變得更加沉淪；本來就沒什麼人行走的街道如今則宛如汪洋般乘載著都市遺棄的垃圾，坐擁垃圾這一點和真實的大海沒什麼差異就是了。

黑白電視裡新聞正播報著各地淹水的嚴重性，每一台都是。無營養且重複的內容無限循環，到了要稱之乏味都嫌高估的地步。大概是這樣程度的新聞。世界會怎麼樣呢？我想現今已經沒有人在乎了吧？大家顧及自己的安全都顯得倉促不已，正如頭髮稀疏的男人所說的那樣：不讓日子過不去也是必須維繫的基本原則。

當生存只能作為生活的唯一性時，意味著無趣而死滅的世代已經來臨了。沒有選擇的我們除了接受外別無他法。於是每個人都作為維繫著凋零世界的齒輪而運作著，單調地出生，單調地跑，單調地逃，單調地面對著自己，單調地面對著他人，最後單調地死去。

所以我才會選擇離職吧？因為我知道那是囚禁著我的手銬般的意象，於是我選擇果斷地放手，嘲笑著固守崗位的人。然後那些人則嘲笑孤零零的我，縱使他們也是孤零零的，卻如義務般組成表面上的團隊，堅持著什麼。當然，這一切也只是我逃離的藉口，我相當清楚。但在這樣的亂世中，又該怎麼證明自己是正確的還是愚昧的呢？

我如往常般無所事事地躺在床上，聽鍾意的CD播放器播放著土岐麻子的《PASSION BLUE》專輯，City Pop的新穎時尚味在我房間裡擺盪著。我很喜歡這類的曲風，不知道該怎麼說，但以爵士曲風作為鋪底的City Pop總給人一種嚮往。那是我不曾佇足過的城市印象，也從未能觸及。只能沉甸甸地讓其在幻想裡自行其是，如無頭蒼蠅般亂竄，營造出假象的痕跡。

這台CD播放器是我在西門町的某間二手商店購得的，當時西門町還算熱鬧，可惜現在一片死寂。即使有點年代了，但作為日系品牌的龍頭，這台播放器依然能清晰地推出理想的低音、如正確解答般的穩定音場。雖然要稱作頂級還有一大段距離，但以我的使用情況來說這台便足夠了。

現在夢寐以求的城市正隨著音符的流動從腦子的幻想裡流出，一點一滴地融入房間。我彷彿置身於夜晚的城市頂樓，俯瞰著五光十色的熱鬧街景。璀璨的光芒一下亮、一下暗地切換著，光影之間讓我心醉神迷。

直到最後一首歌——〈Bubble Gum Town〉響起，我才意會到原來真的有所謂的泡泡糖城市。就在這裡啊！土岐麻子小姐您可真是先知，或許和您描述的想像南轅北轍，但這裡真的是泡泡糖城市，毋庸置疑的。我也和歌詞所述的一樣，不清楚明天的街道將會是誰的所有物，因為已經被淹過去了，像是海底遺跡般正消逝著呢。

我苦笑著，發出乾癟的聲音。笑著笑著，就哭了。

## 5

雨持續下了整整一個月，這可真是前所未見的雨量。雨的清脆還有雷響的轟隆聲已經成為生活的一部分，宛如影子般和日常纏綿在一塊。事態也許能稱作「嚴重」吧？但始終沒什麼人在乎似的，主播以毫無抑揚頓挫的口吻播報著各地新聞。雖然世界末日疑似不會來臨，不過顯然地，縱使末日來臨，我想人們還是故我地讀著書、聽著音樂吧？

門鈴響了。這時候會有誰來呢？答案呼之欲出。

「先生，是小弟啊，小弟我來了。」

打開門，外表酷似魔術師的無眼男人露出事務性的微笑。說他無眼並非他真的沒有眼睛，只是我認為我「暫時」看不太到。

「您好奇小弟的眼睛嗎？不好意思，這種寒酸的東西您還是別在意了吧！」

我可沒找你來，我說。雨聲還有空氣的流動暫緩般地停滯。

「是的，小弟知道您並沒有撥打我辦公室的電話，這讓小弟可難過了呢。不過話說，在玄關說話不大合宜，不知道府上是否能讓小弟歇息歇息呢？」

其實我不大願意，你這樣有點像強迫推銷，我說。

「噢，這是您顧慮的點啊，真怪小弟沒站在您的立場為您設想，小弟不該。」

你到底要做什麼呢？

「小弟今日拜訪，莫過於是要再次和您確認有關交易的事情呀。因為自那天起過了好久，小弟總不能一直枯等到世界毀滅吧？太不切實際了。因此希望今日便能和您協議出個結論。」

我想，應該還不到有所謂結論的時候，我說。

「所以您是無法接受這個條件嘍？」

讓我想一下，我說。

「可以的，要想多久都沒問題，這是您的權益。噢，小弟是指目前的當下，您想要想多久都沒問題，時間本質上不會是阻礙。」

時間本質上不會是阻礙。這句話可真貼切。我走出大門外，關上門。倚靠在戶外陽台的欄杆上，雨似乎處於一個下與不下的中間階段。男子走到我身旁也和我一同仰望灰濛濛的天空。

「真是汙濁的氣候，您說是不是呢？竟然可以像是嚎啕大哭般無止盡地降下連日豪雨，究竟有多少水蒸氣能凝結出這麼大量的小水珠呢？有時候我們想力圖振作時，卻看見這麼扎實而兇狠的氣候，老實說，都不得不縮成一團，窩在角落去呢。」

我沉默。

「小弟其實也曾經是個想要闖出一番名號的男人，不過失敗了，成為人們口中的窩囊廢，於是便開始幹起『背地裡的世界』的黑暗勾當。話說到這裡您可別誤會，不代表小弟現在正在脅迫您同意什麼不平等的協議，一切都會如我之前和您談好的那樣，對雙方都有利的交易，而且您的利多絕對大於小弟。」

「只是目的一致，小弟是指黑暗勾當的利益目的以及小弟我個人的成就目的，這兩件事的最大公因數成立了而已。於是小弟開始按照任務要求一一執行，再怎麼骯髒、別人不願意處理的爛事都由小弟包辦。漸漸地，也做出了自己的聲望還有評價，『背地裡的世界』委託小弟的的人士也越來越多。終於，小弟目前接到最重要的委託，便是居中和您協議，完成和您的這筆交易。相信我，這筆案子結束後，小弟將得到大筆的酬勞，也可以從『背地裡的世界』退休了。因此和您之間的關係絕對不能搞砸，一定要讓您心甘情願地接受交易的合約，也是小弟任務的具體項目之一。請您放心，若您不同意，小弟是不會逼迫您簽署的；只是需要您海涵的是，小弟會鍥而不捨地纏著您，說纏會不會太直接了呢？但想必您心底是這樣子想著小弟的吧——纏人的怪帽子傢伙。我懂，我都懂。但很抱歉，這是小弟這一生最重要的工作。雖然小弟沒有父母、妻小要養，但總是希望能尋得一個能喘口氣、如天堂般的淨土。當然，小弟不想死，是個不用死便能抵達的天堂，這樣您清楚嗎？」

清楚了，纏人的怪帽子傢伙。

纏人怪帽子傢伙大笑三聲並搭配著浮誇的鼓掌。「您可真是幽默。」

還好，我說。

「正如先前我們談好的交易內容——我們取走您的『喜怒哀樂』，藉以換取離開這座封閉城市的通行證，因為小弟說過，要讓天秤往您那端傾斜，所以在和『背地裡的上層』討論過後，他們同意只取走您的『喜怒哀』，留下『樂』給您，便能讓您享受到您夢寐以求的願望——見證這個世界。這是相當相當萬分誘人的條件。要說為什麼呢？因為那是只有特別的人才能做到的事情，凡夫俗子可是無法離開這座城市的。」

可以離開這座泡泡糖城市。

「對，泡泡糖城市，真是恰當的比喻。彷彿被吹出口香糖的泡泡包覆住，這座城市裡的人如囚犯被深鎖在監獄般，從生到死都將在這裡一條龍式地度過，要說可悲，也真是可以加 est 的最高程度。」

第一次認同眼前的纏人怪帽子傢伙的話。

「所以您可真是幽默，同樣是能加上 est 的最高程度噢。」纏人怪帽子傢伙一副恭維貌向我彎腰鞠躬，做作地說。

既然時間的流動停止了，我想我應該可以到處晃晃。

「當然，這是您的選擇。但是您還是沒辦法離開這座城市的，您清楚吧？」

再清楚不過了，比起任何人，我說。

「比起任何人嗎？這一點小弟可能需要存疑，不過還是先依您的論點為主吧。」

水淹的高度讓電梯無法運作，所以我徒步走下樓梯。還不到一樓樓梯間的出口，汙水便淹沒大半階梯，大概是及腰的高度，這下子可麻煩了。

「是呀，這樣看來要出去也不是那麼簡單的事。」

那麼你是怎麼來的？

「小弟我無所不在。從哪裡來都可以，只要小弟我有這個意志。」

真是方便，我說。

「也不是方不方便的問題，這是基於這項任務前提下所被賦予的機能。小弟必須盡快讓您簽署這份合約啊。」

合約嗎？我重新想了一下合約內容。簡直如同賣身契般的協議，以自身狹義的自由換取更廣義的自由，相當矛盾的合約。若我在此刻點了頭、簽了名，我將即刻喪失早就沒怎麼運作的情感，不對，就纏人怪帽子傢伙的意思，我能將「樂」給留下，但「樂」本身是我最荒廢的情感，這一點他可能算計過了吧？把我最不需要的東西還給我並且說這是給我的 Favor，天秤真的有傾斜嗎？

纏人怪帽子面朝向從一樓社區廣場流溢進來的汙水，一言不發。難得地安靜。也可能是刻意地安靜。然而眼看著汙水之際，我倒是產生了新點子。

我有一個要求，我說。

「您請說。」纏人的怪帽子傢伙有禮地問。

你說過要讓天秤傾向我對吧？我認為僅保留「樂」的情緒仍是不足夠的，因為我幾乎不怎麼運用那個情緒，我希望你能帶來這世界上僅有一套的絲綢西裝，絲綢必須要從人類的眼淚裡提煉出來，最珍貴的那種。

纏人怪帽子傢伙這一次陷入了比之前更長遠、更生硬的沉默。像在和某個遠方的人以電波或是我眼耳判斷不出的摩斯密碼溝通似的，難道這傢伙是搭乘飛碟來的外星人嗎？

「就這麼辦吧。」纏人的怪帽子傢伙說。「雖然目前那些人還無法確定什麼是從人類眼淚裡提煉出來的絲綢，但他們說他們會處理，再讓小弟帶來和您完成簽約儀式。啊，說是儀式其實也只是拿出高級鋼筆簡單簽名而已，您不需要擔心。只要您有這個心願意和我們簽約，對『背地裡的高層』以及小弟來說便是萬幸了。」

那就去處理吧，我說。

「您說得是，小弟這就前往『背地裡的世界』。」

不過「背地裡的世界」到底在哪裡？外星嗎？

「這個嘛，那是一種很抽象的東西，真要說的話可能三天三夜都說不完，總之小弟至今是沒有置身宇宙的經驗就是了。」

是嗎？如果要聽你劈哩啪啦講個不停，你還是回去好了，我說。

「這當然，小弟其實也沒那個餘裕，小弟會盡快帶來那套傳說中的神奇西裝來見您的。」

語畢，纏人怪帽子傢伙就愉悅地經過我身旁，往占據樓梯間的汙水裡，像條利索的魚般一躍而下，久久沒有浮上水面，靜靜地消失。我想他應該不至於淹死，那可能是他離開的最快方式，真是委屈他了。不過很遺憾，我想，這世界上根本不存在這樣的一套傳說西裝吧。神奇？與其說是神奇，倒不如說是喪心病狂。希望纏人怪帽子傢伙永遠地消失。

時間又繼續開始流動。

再過一個月後，延綿不斷的雨終於停了。多虧這裡已經沒什麼人了，讓台北的排水系統比以前都市人口擁擠時還有效地將水排去。「水都」這個名詞還是不適合台北，那種美景留在威尼斯就好。久違的晴天讓看不出標線的柏油路流露出雀躍的蒸汽；恢復生機的街頭兀自維繫著屬於城市的一點現代感，縱使是僅碩唯一的。悶了兩個月左右的我，迫不急待地在社區廣場的水順利排除後邁出嶄新的一步。這一次我打算好好地再探索一次台北，這座泡泡糖城市，應該有什麼是我遺漏的美好部分才對。我想自己是有慢慢在改變的，不然不會有這種想法，幸好沒有把情感拿去交易，不然太吃虧了。陳舊的招牌、拉下的鐵門、沒有生活痕跡的空屋，這是目前台北三分之二的「真實」。在談論「失去」之前，必須先掌握現有的「真實」。那剩下的三分之一呢？我想應該就是我這次必須切身去探尋的富含祕密的礦山。

## 6

熱氣薰天的台北。在連續兩個月不間斷的豪雨派對後，緊接著是好幾週的熱浪來襲，沒有預兆的極端氣候肆虐著世界，這算世界末日嗎？正如前段所說的那樣，還是沒有人在乎。

而我在某個炎熱的下午遇到她。

那個女孩子讓我第一眼就愣住，並不是什麼搭訕台詞，但她和我認識的某位女性長得一模一樣，神似的程度令我震驚不已：細細的眉毛、不算挺但形狀漂亮的鼻子、櫻桃嘴，令我吃驚的還有一模一樣哀愁的雙眼，眼珠子裡頭簡直蘊藏著什麼劇烈的旋風，隨時能捲起迷失的自我。

但在我印象裡頭，那位女性沒有雙胞胎姊妹。在如此悶熱的日子，她頂著淡妝，套上淺黃色的長袖純棉洋裝、戴著草帽。就算如此也不會覺得很突兀，反而覺得合稱。她站在被寂靜盤踞的喧嘩轉角，簡直像一幅畫，我也就這麼靜靜地欣賞著。霎時，她無意地瞥過頭，和我對到眼。當時我不幸地，正死死地盯著她看，連別過視線的反應都來不及。

「我認識你嗎？」女性皺著眉說。

「妳和我認識的人很像。」我想了想，實在無話推託，於是便老實地說。

「很像？有如雙胞胎的程度嗎？」

「有。」

「雙胞胎似的相像，但我卻不是你口中認識的人對嗎？」

「對。」

「你怎麼知道？或許我就是妳認識的人。雖然我不認識你就是了。」

「因為她死了。五年前。」我說。

「是嗎？抱歉。」女性聳肩。

「為什麼會這麼像呢？」我問。

「我才不知道呢。但不是都這麼說嘛？世界上會有三個跟自己很像的人。或許我就是和你朋友很像的其中一人。」

「或許吧。」

「話說完了嗎？別跟我說你要和我要電話，這種搭訕方式有夠遜的。」

「真的，很遜，我才不會用這種老套手法。」這次換我無奈地聳肩。

「也是，畢竟在這個世界。」

「是啊，這個沒有情感的世界。」

女性揚起眉毛，露出意義不明的微笑，隨後興趣濃厚地看向我說：

「你都怎麼稱呼這座城市？」

「泡泡糖城市。」我不加思索地說。

「原來如此。」女性露出莞爾一笑，點點頭。

「什麼意思？」我問。

「也許我的臉真的和你朋友很像吧，但那不重要。」女性說。

「那什麼重要？」

「我們可能也很像，我是指內心的部分。不……這樣形容不大正確，應該說如果上帝用同一塊黏土捏出一男一女，男的是你，女的是我。這形容有比較好嗎？我的意思可不是我們會相愛產下足以遍布土地的子嗣，而是指我們才是同個模子刻出來的，硬要說的話正反面可能比較適合。我是正，而你是反；或你是正，我是反。」

「妳怎麼那麼確定呢？我們只不過講幾句話而已，能證明什麼？」

「有些事情根本不需要證明，真相便會從清澈的水裡浮出來。」

「我不懂，光是泡泡糖城市這句話，到底能意謂什麼呢？」

「有個怪男人纏過你對吧？」女性說。

可真是一針見血。我想此時我露出相當驚愕的面容，讓女性不禁「噗」地笑了出來。

「真相就在這裡了，不是嗎？然後你提出了一個不可理喻的要求，那個怪傢伙卻願意照做對吧？」

妳到底是誰？我腦海裡迴盪起幾年前八月的炙熱海邊，歡騰的嬉鬧聲還有海浪的沖刷。如此和現況不相稱的畫面使我連是否有將話語傳遞出來都無法確定。

「我是你，你是我。」女性以平穩的口氣說。「只不過是意義上的，非物理上的。」

「什麼意思？」我極為不解地問。腦子裡的混亂持續膨脹著。

「字面上的意思。」

我還沒反應過來，女性便像是想起自己原本的目的似的，繼續往前邁進，消失在我的視線裡。我急忙地跑向轉角交錯處，想朝她的方向叫住她。然而空無一人的街道映入眼簾，不至於到漆黑的巷子沒有潛藏的人影，我想也沒有這個必要。

「我是你，你是我。」女性的聲音至今仍在我腦海裡揮之不去。我想我有必要繼續踏著步子找尋答案吧？不過問題也堆積得越來越多，至少在這座泡泡糖城市，我有目標要去執行，這便讓生活有了動力。

什麼纏人怪帽子傢伙就隨他去吧，我沒有義務要履行這莫名的合約。對我來說，闖出封閉的泡泡糖城市確實是最終目的，但在那之前有不得不搞懂的議題接踵而來；我也必須好好面對我內心那難以名狀的心痛，而如包袱般的失敗或許會繼續跟著我，卻不會阻礙我，但願是不會。

眼前的世界布滿朦朧的光，霧也還未散去，渺茫的希望還在。號稱和我相似的未知女性也是我終將必須面對的難題。那從眼淚提煉出的絲綢呢？我眉頭深鎖，獨自思索了好久，真希望有這種如夢似幻的東西存在。

# 二、如果心事被飛碟載走

1

一年過去了。

相當急促而沒耐性的一年。最令我訝異的是我竟然能切身感到時間的流逝，這在過去幾年當中是完全察覺不到的。那樣的感受不是屬於我特徵的一環，是稀有的寶物。

我想，最大的契機莫過於從我拒絕纏人怪帽子傢伙後開始吧，雖然那個情況於表面上要稱為「拒絕」還太過牽強，但從意義上來說卻是千真萬確的「拒絕」，不知道纏人怪帽子傢伙有沒有意會到，不過遲早也是會清楚的吧？

這一年下來，事態似乎有所好轉，儘管只有一點點，但人們多少願意出門了，因為路上行走、散步的人稍微增加了，當然，也可能只是我的錯覺也不一定。

為了混口飯吃，總不能天天都待在家裡足不出戶，所以我選擇在車站附近的義式餐廳打工。明明以「世界不安全」的名義豪放地辭職，甚至不要臉地跑去區公所想要申請補助，如今卻為了五斗米而折腰，不禁給人一種「這是什麼搞笑橋段」的感覺。

但不是，不是這樣的，現在的我和一年前的我不一樣，最大的差距在於我找到了目標——和我相似的女人。這個理由如果讓人知道了，肯定會令人貽笑大方，可能會笑到抽筋、下巴脫臼吧？我懂，我也曾經笑到下巴抽筋過（脫臼就敬謝不敏了），大概懂那種讓人發自心裡豪邁大笑的感覺。但我的情況才不是為了說相聲而存在的，是更加深奧（抱歉這部分自己講出口都覺得有點荒謬）、更加理想化的。

我認為那內心和我極度相似、外表也神似我認識女子（可以說是雙胞胎程度的神似）的女人所散發出的神祕氣質，還有同樣令人畏懼的莊嚴感便是深深吸引我的主因。不是指戀愛方面，而是給我一種再看見她一眼，我就能著手我的最終計畫——逃離泡泡糖城市的序幕。既然稱作序幕，那不就必須盛大、氣勢磅礡嗎？

於是我開始審慎思考著每一步，我攤開地圖，整個台北市也就幾個區，雖然人口稠密——不對，那是以前的事了。縱使人們有傾向外出的意願，不過若是在一年前就曾外出過的女子，那搜索難度便有所降低，樂觀的我是這麼想的：只要每一區都繞過，總有一天能再遇見她。

不過現實是，若想單純巧遇她，實在太過於艱難，所謂的天時地利人和無疑是用在這裡，巧遇的時間、地點都要完美重疊的話，我一定得好好調查過這個人的背景後，再縮小範圍。很遺憾，左思右想之下，我發現這個欲望本身簡直是天方夜譚，更何況我對她完全不清楚，唯一知道的是她和我認識的女子很像。

這個線索有跟沒有一樣。

不，這或許是最有力的線索。我辛勤地找到我熟識女子的照片，那是我手上碩果僅存的唯一一張。我決定委託徵信社調查看看，死馬當活馬醫，至少還有一點具體的希望，就算機率很渺小，我還是把一年打工賺取的一半盤纏，用在調查這女子身上。

但就連命運都在捉弄我似的，這座城市竟然沒有任何一家徵信社了。

難道在這樣的亂世下，姦夫淫婦便不復存在嗎？似乎在成為封閉城市的那刻起，人與人的連結就變得黯淡，徵信社可能也感受到在這樣的世道下，不再有任何調查的價值，因為人們的心也隨著城市封閉了，更可能的是徵信社的調查人員本身可能也將自己的心抹上深黑的無趣色彩了吧。當我在燈光微弱的商業大樓裡，一層又一層地拜訪，卻只得到「已經不再做徵信社了」、「現在的經營項目是到府清潔」等婉拒說法。明明招牌仍掛在大樓外牆，但雨天的髒水痕卻將招牌的黃色染得面目全非。

正當我打算放棄時，我聽到了某間辦公室傳出來的爵士樂。有人在哼歌。我不自覺地依循著歌聲以及如老唱片盤播出的美妙聲樂，找到了源頭的那間辦公室。「洛夫偵探事務所」的歪斜招牌簡陋地掛在門扉上，厚厚一層灰塵似乎許久都沒有清掃過。我戰戰競競地敲了兩聲，試圖想從中得到回應，然歌聲卻不絕於耳地哼唱著；唱盤也繼續旋轉著，將愉悅又輕快的爵士樂暢快地吐出，迴盪在這層樓的走廊。

我又再敲了兩聲，這次稍微增強了力道。終於，裡頭的人似乎注意到門外的我的存在，將刮盤拿起，終止了播放。小巧的腳步聲緩緩地傳出，逐步接近我所面向的大門。

門被打開，一隻穿著小巧西裝的虎斑條紋貓映入眼簾，如此不可思議的場景不禁讓我張大了嘴，啞口無言。牠身上的西裝相當體面且整齊，除了西裝外，牠的貓毛更是柔順乾淨，似乎相當著重儀態的樣子。但這畫面實在太過於不合稱，宛如剪接過的影像般虛假。

「愣在那幹嘛？有事才會敲門吧？快進來吧。」貓說。

「這裡是洛夫偵探事務所吧？」我問。

「當然嘍，門上不是有掛招牌嗎？我清一下桌子，有點亂哄哄的。」貓轉身進門，勤快地說。

「那個……我要找洛夫先生。請問他在嗎？」

「我就是。」名為洛夫的貓轉過頭，做作地咳了幾聲，驕傲地對我說。

2

洛夫沒多久再次現身於玄關，鄭重地邀請我入內。事務所內確實如牠所述的環境雜亂，各種傢俱、物品東倒西歪地被沒什麼統整性的收納方式堆在一旁。牠請我坐在一張皮革製沙發上，沙發倒是乾淨許多，雖然貓毛叢生，但卻給人上乘的舒適感。

「如何？雖然辦公室很亂，唯有那張沙發可以說是這裡的淨土，我把它讓給了您這位久違的客人呢。」洛夫說。

「果然，現今的人們已經連委託徵信社的意願都沒有了嗎？」我不自覺地感嘆。

只見洛夫一臉不滿地瞪著我，我被牠那尖銳的目光震懾到，縮起下巴、吞了口口水。

「嘿，搞清楚，我這裡是偵探事務所，才不是什麼徵信社。那種落伍的職業在這個世界被淘汰是絲毫不意外的，不是嗎？」牠舔了舔身上的毛。

「抱歉。」我說。

「來，說吧！我殷切期盼的精彩案件，究竟是什麼呢？」洛夫雀躍地說。

我實在沒辦法就這麼潑牠冷水，但沒辦法，這是我必定得完成的事，也只能由我本人親自開口。

「我想請你調查一個女人。」

「老婆？情婦？女兒？媽媽？還是暗戀的同事呢？」

洛夫的口氣相當穩重，似乎沒有因為根本性質的徵信社委託內容而感到氣餒。難道這其實都在牠的預料中？

「都不是，而是一位和我很相似的女人。」

「外表？」

「內心。」

我遞出我熟識女子的照片。照片被放置在有點懷舊氣味的桃心木桌上。洛夫眯起眼，凝視著這張照片。

「這位漂亮的女性已經不在人世了吧？」洛夫開口。

「為什麼你知道？」我站起身，震驚地大喊。

「冷靜點，只是直覺而已。當偵探，這種直覺是必備的。我只是單純從這張照片裡感受到很哀愁的氛圍。說到哀愁，這個世界如今也被這種氣息渲染著，令人喘不過氣。」

「是啊，這個世界？也能這麼說，全世界都在哀傷中度過每一天，這已經是很尋常的事了。」

「為何要將這種事視為正常現象呢？先不離題吧，您該不會是要我為您找尋屍體吧？否則您不會找上我。」

「倒不是，她人安詳地躺在墓碑下的棺木裡沉睡著，沒有找尋『她』的必要。」我說。

「這句話似乎有玄機。沒有找她的必要，那是找誰呢？」

「和照片裡的女子樣貌一模一樣的女人，可以說雙胞胎般的相似度。」

「原來如此，很相像的在某處的女人對吧。並且除了長相外，內心和您本人是極為相似的。」

「沒錯。」我點頭。

「內心的部分我可能無從頗析，縱使您現在如滔滔江水般自我介紹有關您的內心，我依舊沒辦法搞懂所謂的『人心』，這是不大科學的部分；更何況往往由本人闡述的內在，一點都不客觀。」

「是。」

「但我接受您的委託了，從茫茫人海中找尋條件極為限縮的一個人，對我來說也足夠有意思了，在殺時間的部分。」

「竟然算是殺時間嗎？」

「有趣的事多多益善。那麼，我即刻啟程。對了，留給我您的電話還有大名吧？這樣我才能在委託完成後，方便聯繫您。」

洛夫像隻貓，舔了舔自己的毛。我在說什麼呢？牠確實是貓。

「沒問題。對了，」

洛夫面無表情地望著我，等著我開口。

「你剛才放的唱片是什麼歌曲呢？」

「Louis Armstrong 的〈What a Wonderful World〉，別跟我說您沒聽過。雖然有點老了。」

「確實是第一次聽到。」我說。

「難道是我太老氣嗎？不，品味這種東西不會隨著年代有所降格，該具意義性的，就該要如此強大。」

我聳肩。「我可沒這麼說。」

「嘿，難得碰到活人，讓我問您一件事吧。」洛夫突然往前擺動，向我靠近，嚇得我不禁往後退，但發現皮革沙發宛如協助主人般，將我柔軟包覆住。「這座城市是封閉的對吧？」

「對。」我猛烈地點頭，直視著洛夫彷彿看透一切的眼神，緊張感像從牠眼球中傳遞到我心裡似的，我的心臟蹦蹦地跳，就像正貼在地面傾聽著地心的顫抖，劇烈的震動停擺不下來。不過也別停滯就是了。

「我應該這麼問，這城市真的是封閉的嗎？有沒有什麼旁門左道，可以穿梭城市間呢？」

「不可能，我詳細地調查過，這種事根本做不到。」

「為什麼？您調查的結果可沒什麼參考價值。」洛夫說。

「沒為什麼，這世界就是這樣，封閉著彼此間的連結。如果真有那種方法，早就傳遍大街小巷了吧？」我據以力爭。

「不對。」洛夫直截了當地說。「正因為那是一條相當艱辛的道路，所以才沒辦法輕易外流，不是嗎？如果說，這城市其實是單方面的限制，無法進來但是可以出去呢？」

「簡直是天方夜譚。」我搖搖頭。「雖然我很想出去。」

「真有意思，我建議您還是多掙扎一下比較好。」洛夫笑著說道，緊接著相當愛護地舔著自己手腕上的毛。

洛夫用力地關上「洛夫偵探事務所」的大門，隨後在事務所裡繼續播放著唱片。門外的我索性邊聽著縈繞進腦子裡的歌曲，邊離開商務大樓。

我手上僅有的照片已經不在了，但既然託付給那隻偵探貓，我應該全權放心交給牠，讓牠放手一博。我現在應該專注在自我建築上。理論上，我已經是失去一切的人，目前僅靠著殘存的意識，維繫著生存所需的條件。但大限快到了，我知道。再繼續撐下去，也將接近彈性疲乏，若斷裂了，一切的努力就白費了。我必須讓自己再更謹慎地去面對這處境的莫名，太過於鬆懈無疑會讓自己逼進滅亡，這絕對不會是我期望的終局。

終局，我想。我所希冀的終局將是什麼模樣呢？離開泡泡糖城市？突破各地的疆界？或只是單純戲耍著纏人怪帽子傢伙呢？我的腦子目前是一片空白，但這沒辦法，我盡力了。

一回到家，我整個人軟爛地撲進沾染我熟悉氣味的沙發上，再倏地起身，將沙發展開、放寬，調整為沙發床，舒服地橫躺在上頭。

我真的失去了一切嗎？我深深地回想著過往的一切，閉上了雙眼。

## 3

高中時，我有兩個很要好的朋友，姑且先以A還有B作為代稱吧。A是全校的風雲人物，不但運動神經好，臉也長得俊俏，談話技巧高超，不論到哪都相當吃香的類型，當女生們談論著全校的理想男性時，他總是名列前茅。硬要挑出缺點的話大概就是個性比較隨性，生來就大喇喇的，標準無法在情感上專一的男生；B雖然長相和我差不多，平凡了一點，但就頭腦的程度來說，可說是把我海放好幾條街外（當然也海放不大會讀書的A）。

我們三個人所擅長的領域不一（不過我不確定我擅長什麼），性格、女人緣也有所別，然卻總是聚在一起，從課堂上的分組直到畢業旅行的房間；再從上學日到假日，我們都不會被拆開，像強力膠似地黏在一起，現在回想有點噁心。

談到感情面，A有個剛交往的女朋友。這件事基本上全校的人都知道，因為A是在大庭廣眾下和那位女生告白的，場面相當風光，可以排上男生票選最希望高中時代實現的願望前三名。B則有自己暗戀的女生，但始終不敢說出口。雖然B的頭腦很卓越，但在情感上卻很笨拙，果然老天是公平的。

為什麼要談及這段在腦中堆積著灰塵的過往呢？容我娓娓道來。

首先，當年B喜歡的女生，正是我委託洛夫調查和我內心相似的女性，也就是我認為簡直是雙胞胎的樣本、現在在洛夫手上照片裡的本人。引起我心中漣漪的，正是從這位女性的面容開始，一切也將從這裡展開分歧，有了劇變。

那位女生住哪裡呢？為了調查這件事，我們三個趁著放學時，偷偷跟蹤她，和她一起搭乘返家的巴士，為了不吸引她注意，也為了降低巴士上的音量（當年我們三個人聚在一起所發出的高分貝是相當惱人的），我們決定分開坐，並且專注而盡可能地沉默著。

A是這樣告訴B的，如果自己沒有勇氣，就我們幫你吧？於是趁著一時湧起的勇氣，B決定多了解那位女生，我們這邊稱呼女生為C吧，B決定先從跟蹤C開始（顯然方向錯了）。巴士蜿蜒著，來到離開都市的郊區，空氣變得鼓譟，（B的）視野變得狹窄。不管怎麼說，事情至少有個開頭，A這麼說。

C是品學兼優的好學生，至少和成天到處廝混的我們來說（B也跟著我們四處遊蕩，只不過他還是很聰明），她散發出和我們不同的氣息。不像一般女高中生，對化妝、染髮、指甲彩繪，或是服飾品牌、包包有興趣，她只是化著很淡很淡的妝容，穿著樸素，卻又相當合稱的套裝，簡簡單單地展現出無與倫比的魅力。我想就是這一點深深吸引著B吧？不過就算前述形容得多平凡，也不代表C的長相不怎麼樣，相反的，她的面容相當端正：細細的眉毛、不算挺但形狀漂亮的鼻子，還有櫻桃嘴和陰鬱的眼神。或許正因為本身顏值足夠，才不需要倚靠妝感的襯托吧。

C的班級離我們三人的班級相當遙遠，幾乎在同層樓的頭與尾的位置，但這對B來說不是問題，他時常拉著我們兩個刻意地繞著C所在的那一班，偷偷地觀察在班級裡的C的一舉一動，雖然他自以為很自然，不過在外人看來或許真的挺刻意的。

C終於下車了，此時接近傍晚時分，也離終點站不遠了。來到未知陌生鄉鎮的我們，也不自覺地感受到一點恐懼，但或許因為三個人在一塊吧？所謂的三人成虎，面對即將詭異、分裂的世界所給予的漠然氛圍，我們暫時拋棄了害怕，直搗黃龍，觸及青春的核心，卻不知道，這也是讓感情崩毀的重大關鍵。

「為什麼一直跟著我？」C突然回過頭，直奔向急忙躲起來的我們，不帶任何情感地問。

「好……好玩？」我說。

「白痴！哪有這種說法啦？」A高喊。

B則沉默不語。

「噢，是噢？你們還真是無聊。」C冷冷地說。「B。」C突然喊B的名字，讓他嚇了一跳。「真看不出來像你這麼聰明的人，會和這兩個笨蛋混在一塊，小心智商被拉低。」

「我們看起來很笨嗎？」A笑著問我。

「就資優生的眼光吧？」我說。

「看你們這樣子，想必是第一次來到這裡對吧？」

我們點點頭，C見狀露出嫣然一笑。「要不要一起吃晚餐？」

A和我面面相覷，我想彼此皆猶豫著該說什麼，想不到B已經先開口：「好啊。」

我們傻傻地跟著C走到一間被晚霞染紅的餐館，因為當時的氣氛太詭異了，所以我已經忘了那家餐館的餐點美不美味了。唯一記得的是我們四個人合坐一張方桌吃著飯。A雖然很勉強地開了些話題，但C基本上都不答腔，默默地投入在自己的世界裡；我則辛苦地和A一搭一唱。那B呢？我想他那對眼睛正忙著記錄對他來說的眼前美景吧？

享用完B眼中的「饗宴」後，我們走出餐館，連世故的A這時候都像要告別似地說不出什麼富有邏輯的話，他的齒輪碰到C的冷漠看來也因此被凍結了。

「再陪我去一個地方吧，你們很閒吧？」C說。

「閒，超級閒。」B說。

我們四人前往空無一人的鐵皮工廠旁的小公園，C坐上鞦韆，然後一句話都沒說就自顧自地蕩起鞦韆，我和A凝視著彼此，在完全搞不清楚的狀況下，卻又看到B已經滿心歡喜地溜到鞦韆上盪個老高，無奈之下也只好一起了。

C依然沒有說什麼話，保持著理想性質的沉默。B則欣賞這個氣質的展現。我和A此時只想回家。半晌後，C說：

「在你們看來，我很平凡吧？」

「咦？」A率先開口，雖然只是疑問的狀聲詞。

「平凡？」我覆誦。

「怎麼會？妳才不平凡。」B爽朗地說。

「是嗎？我知道你們男生背後都怎麼評價我。」

「當然是性感尤物。」B說。

B太敢說了吧？他什麼時候變得這麼果敢？我偷偷對著A咬耳朵，A也看傻似地猛點頭。

「白痴。」C邊說邊笑。

鞦韆的鐵鍊聲迴盪在寂寥的公園裡，黑暗被擠成一團，沒有自尊似地凝聚著。

「我其實一點都不喜歡讀書，也不喜歡老是要求我上進的父母。」

「那就不要讀啊。」A說。

「沒辦法。」C在空中搖搖頭。「我就像是固定程序的機器，被插入晶片卡後，就會『嗶嗶』地喊著，準備進行固定流程的作業，即使有心想反抗，沒多久肯定會被固有的意識拉回，變回你們眼前這個普通的樣子。如果可以，我很想逞一次壞。」

「那就逞吧。」B說。「青春只有一次，可不要悶壞自己了。」

「謝謝你，希望我能做到，我想犯個搶銀行的罪。」

「妳認真？」我問。

「當然不是。」

「喂，你太認真的吧，想也知道是天馬行空的想像。如果是我，我就想當炸彈客。」B說。

「太危險了啦。」A不正經地說。

「那就，散發裸照？」B想了想後，鄭重地說。

「什麼鬼？」A大笑。

C的笑聲也不自覺地高昂起來。

夜幕已經蓋下了天空，不久前還染著火紅的街道也被漆黑占據。失去溫度的鄉鎮裡，靜謐的柏油路指引不出方向，只有被狠狠吸進去的荒誕，還有遠方纏繞著的狗的嚎叫聲。C帶我們到附近便利商店前的巴士站牌。

「謝謝你們今天陪我。」

隨後C掉頭離去，頭也不回地獨自走向黑暗的巷子裡。任由寂靜把我們籠罩著，我們誰都沒有開口，直到A終於受不了。

「天哪。」A說。

「我知道你想說什麼。」我說。

「哇！」B目瞪口呆地說。

「什麼『哇』？」A問。

「他真的瘋了。」我說。

「和我們在一起，拉低他的智商了。」

我們三個互相凝視著彼此，緊接著很有默契地大笑出來。我們在便利商店前笑了好久，笑到路上經過的行人都不禁投射灼熱的視線在我們身上，但我們不顧那些眼光，笑到眼淚都如千辛萬苦被提煉出來的珍貴萃取物般，從眼框裡竄流了出來，總覺得那一天的一切都荒謬到令人止不住笑意。

也就那天而已就是了。

接下來的每一上課日，B都趁著下課時間跑去找C聊天，兩人也漸漸互相理解彼此，我和A則適時地做球給他們。其實C在學校的男生裡，也有一定的人氣，不少人想追求她，但因為她太認真了，所以最終很難不作罷。不過，我和A都認為，同樣認真的資優生B，是全校唯一最配得上她的男生，更何況我們（也許）清楚C的真實面，那個渴望擺脫標籤以及認真形象的她。對此我們深信不疑，不對，現在想想，當時可能只有我本人深信不疑。

事情就發生在某一天，那一天對我來說是相當具意義的一天。因為一切都從那天走了調。

那時候我們正值高三準備學測，每一天都在擾人的參考書裡亂竄的日子。某一晚，我和B在K書中心讀書，為即將來臨的模擬考煩心。突然，我無意間瞥見A和C愉快地聊著天，經過K書中心的窗外走廊。想當然爾，B也目睹了這一幕。他藉故上廁所，把我也拉了出來，尾隨著A和C。

噢，我想我真是撞見了不太妙的一幕，我這樣想。

B的臉很凝重，看得出來他非常緊張。每天和他快樂談天的暗戀對象，竟然和自己的好朋友兼萬人迷走在一起，怎麼想都是不祥的預兆。我想他心中應該很希望只是誤會吧。可是真相卻很殘酷。

A和C彎進轉角，在漆黑的教室前倚靠著，兩人相擁，熱情地接吻著。

我和B全程目睹著。我不敢看B的臉。投入的A不知道什麼時候發現我們，停下他的激情，不可置信地看著我們。但我想最不可置信的是B，他的表情已經無法以愁雲慘霧來形容了吧？

A什麼話都沒說。和C沉默地直視我們。他看起來想說什麼；她則無所謂地投射出無情又冷淡的視線。我想，這才是對B來說最無言又沉痛的打擊吧。

從那天後，B不再和A說話，也不再和C聊天，他把自己深鎖、孤立起來，就連我，他也不加搭理，逐漸視我為空氣，我想這是因為他對我抱持著一股難以名狀的同難情感吧？我這麼安慰自己。A雖然外表故作堅強，但我想他其實很懊惱，只不過他什麼都不願告訴我，縱使我們偶爾會聊聊天，但總是些無關緊要的話題，儼然B的存在澈底蒸發了。我嘗試詢問A有關他原本的女朋友，還有和C之間疑似錯綜複雜的關係，但他打馬虎眼，四兩撥千斤地扯開話題，似乎不想深談下去。我不願勉強他說，雖然我想跟他說腳踏兩條船是不對的，但仔細想想，我到底有什麼資格跟他說三道四呢？我是他的好朋友，也許即將不再是好朋友，不過即使我說了，對現況又有什麼轉變呢？我想是不會的吧，於是我不再多談這方面的話題。

過不久，一件令人震驚的事發生。A和C私下幽會的親密照片被公開分享在社群平台，此外，還被列印出來貼在校園各處，張貼者的意圖無疑是要讓A和C的為人及醜惡攤在全校師生面前，充滿惡意性的突襲。A當時的女朋友為此崩潰，向學校請病假整整一週，之後回來時也一副病懨懨的模樣，四神無主。A不消說，想必是飽受全校的批評，原先風雲人物的形象一夕之間幻滅，無法承受打擊的A最終決定休學，離開是非之地。

那C呢？C女竟然毫不在意教室外的風風雨雨，依然故我地到校、上課、離校回家。繼續專注地讀書，彷彿一切都沒發生過，明明自己的形象也一落千丈，甚至許多A前女友（對，分手了）的朋友們還會不時找她碴、辱罵她，但她左耳進、右耳出，對這些聲音置若罔聞，靜靜把靈魂保留在專屬自己的世界裡。這就是她所想逞的「壞事」嗎？如果是，那她的目的無疑是達成了，因為被她摧毀的事物，其影響範圍實在太廣泛。

張貼者，也就是公布這些照片的犯人是誰，不用想也知道是B，當然只是我的猜測。我其實很猶豫是否要以犯人稱B，因為他的行為是否為犯罪呢？這部分我不清楚，唯一能確定的，是他的復仇必要性，他具有相當充分的理由。不過我也沒有任何證據，因為B已經不怎麼開口說話了。他和C一樣，在那之後專心於課業，正如先前所述，這是我們準備學測的重要時期。因此整起事件前後受到影響的反而是A以及他的前女友（當然我們不能否認毀壞的還有B的內心），就這一點來說，實在難以想像A的前女友在那段期間究竟是怎麼度過的。

於是，我們默默地考完學測，默默地畢業，默默地進入大學，過著各自的生活。我在那之後對A和B過得怎麼樣全然不清楚，雖然很悲哀，但漸漸地，也沒興趣知道了。

直到大概六年前吧，因緣際會下，我在一場公司的社交場合上巧遇C，雖然她的外表已經不如高中那樣清純（再次重申，是外表的部分），臉上抹著不算淡的妝，整個人也散發出社會化後的磨平氣息，但那個輪廓瞬間性地讓我想起了高中的過往。我先聲明，現在的我並不恨C，雖然C或許是我和死黨們分崩離析的關鍵因子，卻無疑也是我們放肆而自在的高中生活的催化劑。我永遠忘不了那一晚的鄉鎮餐館，還有在無人公園裡遛鞦韆，以及她本人所不清楚，我們三人在便利商店前笑到難以自拔的事；確實是她讓我們三人間的情感決裂，各奔東西，甚至已經不清楚彼此的消息，但如今我不恨她了，不再帶有恨意。當然和再更久遠的那些承諾也沒有關係。

「嘿，記得我嗎？」我上前搭理，她正靜靜地杵在會場的一角，一臉疲憊地望向忙著自我介紹的同行。

「當然。」C淡淡地說。

「真想不到會在這裡遇到你。」

「我倒不這麼覺得，也許一切都是注定好的。就像這個世界如今的模樣。」

「不管再怎麼說，還是得生存下去。」

我拿手上的紅酒敬她，兩個玻璃杯間發出響亮的敲擊聲。C很快便恢復舊有模式的沉靜，看來她內心的某部分沒有改變。

「明天有沒有空？」C突然抬起頭問我。

「有啊，怎麼了？」我不假思索地回答，我對我的迅速反應感到意外。

「陪我去個地方好嗎？」

「真是熟悉的台詞。」

「是嗎？我不常這麼說。」

翌日，我們約在台北車站，搭乘通往蘇澳的區間車，那個時候還是通行無阻的世界，雖然正漸漸轉變中。C那天頂著以往看習慣的淡妝，服裝也十分樸素，和回憶中的相同：平凡但合稱。我問她為何要前往蘇澳，她則不予回應，依舊故我地沉浸在自己的小世界。沿路不用說，我們間沒有任何交談，空氣死沉沉的。我不懂她邀約我的目的，更不懂我為何要答應。直到抵達福隆站時，她果斷地起身。

「下車。」

C說完便拿起手提包，率性地下車。我急忙拿起我的後背包，差點踉蹌跌倒。一出站，炎熱的太陽如無情的毒霧擴散般籠蓋著我們。柏油路上都能清楚看見冒出的熱蒸汽，是汗如雨下的八月夏天，我依然不清楚她的目的。

「妳來福隆要做什麼？」我問。

「當然是去海邊，不然是吃便當嗎？」

我確實有特地來福隆吃便當的經驗。

我們一前一後，既像吵架的情侶，也像不熟悉的兄妹。她一路走到沙灘，望向遙遠的海，她看起來沒有下水的意思。還好，因為我也沒帶泳褲，畢竟我根本不知道要來海邊。我也知道，她根本不是來玩的。

當昨天一見到她，我就能從她的眼神中看出這些年她持續失去著什麼，仍正追尋著什麼吧？究竟C後來逞過什麼壞我不清楚，但她肯定是不快樂的。

看著她淡定的臉龐以及雙眼直視著海的目光，令我忍不住發問：

「你知道後來A怎麼了嗎？」

「不知道。」她說。

「那B呢？」

「不知道。」

「是噢。」

「在你眼中，我是會在意那種過往的人嗎？」

「不是。」我說。

她笑了一下後又繼續望著蔚藍的天空還有無邊無際的大海。我配合著她的步調，順其自然地不接著說點什麼。

「當時那些照片是我散布的。」C突然打破沉默說。

「是噢？」我說。

「你怎麼一點都不驚訝？」C的口氣略帶點疑惑，還有一些失望。

「不知道，總覺得好像是會發生的事實似的，毫不意外。」我雲淡風輕地說。

「我說過吧？我要逞壞。」

「我還記得。」我說。

「但當時是為了什麼呢？我真的忘記了。」C搖搖頭，無奈地笑著。

「妳看誰不順眼吧？」

「對！那個女的，就是她，A的女朋友，名字我忘了。你知道她暗地裡總是對我指指點點的嗎？很沒禮貌。」

「不知道。」我搖搖頭。

「高中年紀的女孩就是這樣，一旦周遭的人展現出蓋過自己的鋒芒，便會有攻擊意識，縱使我什麼都沒做。」

我沉默以對，等著C繼續說。

「但我當時其實還想再讓一個人痛苦，」C停頓了一會。「那就是我自己。」

「還有B呀。」我想了一下後說。

「這點我感到很慚愧噢，真的，但如果不這樣，就不算逞壞吧。怎麼？你恨我嗎？」C問。

「完全不。那只是過往，不是嗎？」

「是啊，就讓心事被飛碟載走吧。」

就讓心事被飛碟載走吧，我在心裡默念，我多希望如此。C看起來在想事情的樣子。不久後開口說：

「被我傷害的還有一個人，就是你。」

我看向她，她也看向我，和我對視。「所以妳是專程帶我來海邊和我道歉的嗎？」

「當然不是，我只是先來探勘。」

「探勘什麼？」我問。

「祕密。」C說。

結果C最後還是下水了。她彷彿回到那一晚邋鞦韆的模樣，愉悅、輕快地把海水潑灑在我身上，很快地我便被淋得一身溼，我們兩個就這麼莫名其妙地在八月炎熱的海邊戲水。然後，在簡單地買了替換的衣服後，到附近汽車旅館的床上性交，睡了一晚。隔天早上再一起搭乘火車返家，之後也沒來由地不再聯絡。到底為什麼會和她發生關係呢？說實在的我也毫無頭緒，或許是我從她身上發現了什麼脆弱的部分，讓我有股想張開雙臂擁抱那個脆弱的衝動吧？可真是噁心。

殊不知，那也是我最後一次和她見面。

下一次再得知有關她的消息時，是在那年冬天的午間新聞。主播以世故的口吻播報著冷清的福隆岸邊浮起一具浮屍，明明新聞上沒公布任何死者的訊息，但我卻以一股直覺認為在那冰冷海水裡慢慢失去溫度，成為水腫死屍的，正是C。

我透過公司的管道聯絡到她就職的單位，確立了這件事實。

那一瞬間我感到有點惆悵，不是因為我曾和她睡過，而是那位讓我們的青春泛起漣漪的女孩就這麼消失了，確確實實地消失，像顆殞落的星星，不再擁有溫度。

我的眼淚從臉頰滑落。我不確定我是憑弔她的死，還是憑弔那早已死去多年的，我們的青春。

## 4

那股悲傷的餘韻仍在，且正漸漸擴散至我身體的每一部分。

我在半夜裡醒來，原本想抬頭確認牆上掛鐘的時間，但在一片烏漆墨黑下，我什麼都看不著。恍惚的身體似乎正對夜晚的來襲感到意外。

電話響了，是造成我驚醒的原因，但我怎麼會深睡到這種程度呢？我接起電話，驕傲的聲音從電話另一頭清晰地傳遞而來。

「不好意思這麼晚打擾您，我已經調查好您所委託的女子的真實身分了噢。」

聽到幾個關鍵字，我的意識便立刻收縮性地回歸。

「洛夫先生對嗎？」我問。

「難道您還有委託其他人嗎？」

「沒有，只有你而已。」

「也是，這座城市已經沒有徵信社了，可真是遺憾。雖然我不怎麼感到遺憾就是了。嗯？」

「怎麼了？」

「您是不是做了什麼悲傷的夢？」

「你連這麼也能調查到嗎？」

「當然只是直覺，不過從您的聲音還有語調，我能感受到一股悲壯的情感，您是不是也流過淚了呢？」

「這怎麼可能，咦？」

雖然難以置信，我撫摸了我的雙頰，確實正如洛夫說的那樣，流下了兩行乾掉的淚。牠竟然連身體本人都沒有意識到的情緒都能推測到嗎？

「這也不算什麼推理，只不過通常夢到難過的夢，起床後聲音的特徵通常是糊糊的，但如果黏糊糊的聲音再加上一點稀釋過的共鳴感，便可能是哭過的特徵。」

「這還不算推理嗎？真是細節到莫名令人恐懼的地步。」

「我稍後會將資訊寄給您，方便給我您住處的住址嗎？」洛夫並沒有特別理會我的喃喃自語，而是公事公辦地將委託妥善處理到位。

「沒有關係，現在我可以出門去和你拿。」我說。

「這可不行，現在入夜了，夜晚是很危險的。」

「你多心了，就算是泡泡糖城市，也不會因為在夜晚出門就碰到什麼兇狠猛獸或是被人持槍搶劫，畢竟犯了罪也無處可逃。」

「我勸您別再這麼想，世界是會轉變的，尤其當您放棄跟上時代的趨勢，改變的痕跡就已經近在眼前了。請您放心吧，我會托我的夥伴送去的，牠是隻有效率的鳥，不用太久的時間，請您留意您住處的窗戶吧。如果你沒有開窗，牠也會輕聲地以鳥喙敲打玻璃。」

鳥？看來沒多久後的未來，會如宅配商的 LOGO 般，讓貓還有鳥來配送包裹了。

「您應該放開心，讓心事被飛碟載走吧。」洛夫說。

「什麼？」突如其來的這句話讓我如電流竄過般震驚地喊道。

「很有意思的一句話吧？我很喜歡這句話。」

「你連這種程度的資訊都調查到了嗎？」

「調查？什麼意思？這句話在我的世界可是很知名的名言呢。」

洛夫的世界？看來這隻虎斑紋貓的背後，是由許多不可思議的成分所構成。可是，若是如此，也就表示C和洛夫的神祕有著雷同的要素在，C又是如何得知這句話的呢？我忍不住揚起好奇心，雖然我沒什麼精力再去窺探這隻自稱為偵探的貓，究竟源自哪裡，又將回歸哪裡，但當巧合越來越強烈，重疊的面積也越來越廣泛的情況下，所謂的必然也就無可厚非地操控著我們所看不見的流動。

「硬要說的話，這座泡泡糖城市，才是真正的不可思議呢。」洛夫彷彿猜透我心中所想，流暢地應答。

就讓心事被飛碟載走吧，我在心裡默念，我多希望如此。

# 三、剝開銀色鋁箔紙的台北

1

「您的信來了。」鳥輕聲細語地說。

滿身黑的鳥果真披著夜晚的星空，拍打著翅膀降落在我家陽台。黑羽和背景的黑夜幾乎融成一塊，其中可以瞧見牠明顯的黃色鳥喙。我打開窗戶讓牠進來，牠審慎地跳進我家，把叼著的信封袋遞給我。

「有一點咬痕希望您不要介意。」鳥說。

「反正重點是裡頭的東西。錢我已經付清了。」我說。

「是的，您在委託的那一天，就已經付完全款了，很感謝您的愛戴。」

「不會，真是辛苦你了。」

我打開信封，裡頭有幾張文件，還有我當初借給洛夫調查的唯一一張照片。我稍微端視文件，除了基本通聯資訊外，出生地、學歷、職業，甚至喜好等等，都逐一整齊地詳列在文件的表格上，有如履歷般正式，資訊完整到令人頭皮發麻。我確認她的名字——紫藍，相當少見的以純粹顏色組成的名字。如果名字要叫紫藍，為何在字的選擇上不用宛如花香四溢的紫蘭呢？抑或是紫嵐，挺時髦的。相當微妙的紫和藍，紫藍。難道她的父母是死忠的顏色愛好者或是強迫症嗎？

「這位女性滿漂亮的。」鳥還在。

「是啊，但我對她的美貌沒有興趣。」

「那您對什麼有興趣呢？」

「先不談這個，你還有事嗎？」我問鳥，並帶有希望牠趕快滾的語氣。

「洛夫先生希望我能伴您隨行，牠認為售後服務是相當重要的一環。」

「但我之後要做的事已經和你們偵探事務所沒有關聯了，你不需要再幫助我什麼了，請回吧。」

「這樣啊。但這是我的工作，真是困擾，若我就這樣回去，可是會被洛夫先生罵個臭頭的。不然這樣好了，我就先找個地方休息，如果有需要，請您確認一下信封裡的哨子，用力地吹哨子，我就會以最快的速度到您身邊。」

我把信封撐開，裡頭確實有一個黃色的哨子，起初完全沒有發現。「隨便你吧。」我嘆氣說道。

「那可真是不好意思，容我先擅離崗位。」

鳥三步併兩步地跳到窗邊，抬起翅膀示意和我告別，展翅飛向黑暗中。

「真是隻怪鳥。」我忍不住開口給予在明月下翱翔的鳥評價。

您對什麼有興趣呢——鳥這樣問。其實我也不知道，我想，我有興趣的不是關於紫藍的人，而是在她心底那塊模糊不清卻又嘗試構築著的部分吧。

我對洛夫的調查深感佩服。究竟要多麼深入調查一個人，才能得到如此全面的身家資料——甚至可以稱作噁心的地步。名為洛夫的貓偵探，是不是佯裝成普通的貓，偷偷潛入紫藍的家中，暗中剖析這名女性呢？不自覺地疙瘩湧起，竄過身體每一處。

我確認了紫藍的住家地址，還有一件令人特別在意的事——她的職業：邊境防衛事務員。這是新興的職業，專門處理被封閉城市的邊境問題，雖然也沒什麼事能辦的樣子就是了。不過我還是倒抽了口氣，一切都像是被安排好似的。我策劃逃出泡泡糖城市的緣由，竟然是因為見到邊境防衛事務員後，導致我的心境有所轉變，讓心中自我世界卡住的齒輪又再次動了起來。

台北市〇〇區〇〇〇路〇〇巷〇〇號二樓，和我一年前遇到她時的所在位置有些距離，但也不算相隔太遠。我在隔天搭乘巴士趕赴到這個地址。不用說，洛夫提供給我的文件不會漏了電話以及手機號碼，但我不可能事先電話聯繫她，不管是誰，遇到這種情況都會驚慌失措，而且會打從心底感到噁心至極，甚至極端點，人家還可能為此報警。我不算很了解她的為人，我想我應該慎重點，即使我們見過面，但也是一年多前的事，我還是希望在這重要的第一步先給她一個好印象。所以我選擇坐在能觀察她住家的速食餐廳落地窗邊的位置，待她的身影一出現，就奪門而出，假裝巧遇她。

希望能這麼順利，我由衷地想。

直至傍晚，紫藍才從社區裡出來，推開大門走出大街。即使有點距離，我依然能判斷出她著皮風衣外套以及緊身牛仔褲，展現出俐落的流行品味。原本精神已經不大集中的我，一見到她的身影便心急如焚地奔出店外。

我該怎麼跟她打招呼呢？這件事我仍沒有頭緒，雖然之前演練過，但真的到要登台演出之際，卻還在手忙腳亂地整理台詞，甚至站在原地動彈不得，整個人十分僵硬，呆愣地望著紫藍默默往反方向越走越遠，消失在盡頭。顯然我失敗了，這讓我相當氣餒，不過至少確信了這地址是正確無疑的，只要她不搬離這裡（又能搬去哪裡呢？），一切都還有希望，我是不會放棄的。

翌日，結束義式餐廳的打工後，我又連忙趕到那間速食餐廳，這次我沒打算進到餐廳，因為下班後也接近傍晚時分，不如就直接在店外駐足，等候她出門。我的背倚靠在店門旁，裝作一副等人的模樣，眼睛惡狠狠地盯著那棟社區，殷殷期盼著紫藍的身影。不過一直到晚上十點，紫藍都不曾出現，我專注地觀察著，每個進出社區的人我都再三確認，應該沒有看漏的可能。不過仍有個盲點：這個社區是否還有其他出口呢？萬一她是開車或者騎車出門，我可能也無法辨識，仔細想想，是個相當有紕漏的計畫。十一點時我孤獨一人在已經打烊的速食餐廳門外，失落地如犯錯的學生般罰站。

最後，我決定明天再來。我想她應該不會真的搬家吧。

## 2

回到家後，全身的疲倦被釋放，我無力地躺在沙發上。

現在的我，究竟在做些什麼呢？不務正業，成天跟蹤女孩子，我到底想得到什麼呢？這可不是電影裡的逃脫劇，足以拋下一切，只為了逃脫虛幻的世界；我現在所身處的，是真真切切的現實，是出了嚴重紕漏，便可能導致毀於一旦的無趣人生。縱使這座城市、這個世界現在是以一個很詭異的形式和我們並存著，但仍無法否認這個現實的合理性是千真萬確，是被確鑿的。

閉著眼橫躺在沙發上，我想，還是這樣做下去吧，不然我的決定還有行動便白費了。雖然沒有任何依據證實我的方向是正確的，而且我對自己選擇的能力也不再有自信，但就這一次，我想憑著直覺嘗試，我必須也非得親自觸摸這座城市可能是核心的存在。

雖然這一年下來，我好幾個晚上都在後悔自己做出的決定。為何要離職？為何擅自離開這社會運作的一環？為何拒絕纏人怪帽子傢伙的邀請？然後讓自己深陷在這充滿疑問及危險的漩渦裡。

我接下來連續三天都駐守在社區附近的餐廳。盛夏的尾巴迫不急待地拖著秋天的影子穿梭在街頭每一角，微風掃著落葉輕輕拂過風衣外套，冷清的城市依舊。為了掩人耳目，我每天都在不同的餐廳外佯裝等人赴約，不過我想始終會有人懷疑我的行徑吧？

這三天紫藍都不曾出現在門口，也沒有進出的跡象，難道她這幾天出門都倚靠汽車或者機車嗎？既然我曾看過她從門口出來，便意味著這個方式確實在她的選項裡才對。我不死心地等候著，但她終究還是沒有出現，而我宛如藤蔓般固執地纏繞著她存在的這個事實。

我在返程的路上百無聊賴地閒晃，沒有任何目的，沒有任何方向，只是很單純地憑藉著雙腳還有僅存的意識，四處走馬看花，雖然不至於到行屍走肉，但也到快接近的程度。她究竟這幾天都在做些什麼呢？難道她已經發現我在監視她了嗎？不對，我只是望著社區大門，還不到監視的程度，沒有那麼高明，應該說是埋伏？與此同時越來越覺得自己像個變態跟蹤狂，心裡頭崇高的目的正在模糊，怎麼樣都不能發生這種事才對，我心想。

街上的廣告招牌大部分都貼著「招租」字樣，在地價昂貴的東區，如今許多店面仍空曠曠的，等候店家進駐著。只是遙望周遭的冷清街景，唯獨愜意的少數人有那個閒情逸致出來逛街，只要這座城市還是封閉的，只要這個世界還是冷酷的，人們將不會有意願離開溫暖但沒有餘溫的被窩，而這些店面將永遠保持絕望的空租紀錄，也讓曾繁榮的記憶被空城的死沉模樣掩蓋。

這一天終於來臨了。早晨，紫藍從計程車上下車，走進社區。為了不錯過她出門的時間，我緊迫盯著社區。不過她為什麼直到早上才回家呢？是因為工作性質嗎？還是剛從徹夜狂歡的喧囂中離場呢？不，還是別糾結這個好了。

約在黃昏之際，她現身在社區門口，我加快腳步走到十字路口等號誌燈變換，雙眼也堅毅地追蹤著她的身影。今天不知道是什麼節慶還是吸引人出門的日子，總之沿路的行人有點繁多，也讓我開口叫住紫藍的勇氣被壓抑住了，我決定先尾隨她，待時機一到再以溫柔的語氣叫住她，「嘿，打擾一下，是妳嗎？」的感覺，我想她勢必會想起一年前差不多的搭訕爛台詞吧？然後開口說：「又來了，又是什麼搭訕手段嗎？」之類的話。不知道會不會這麼順利，畢竟已經過了一年了，她會不會記得那一天的事都無法確信。但至少要先有第一步的接觸，之後的事就先擱置一旁，晚點再談吧。

紫藍這次套上藍色運動外套以及黑色的九分寬褲，相當不諧和的搭配，但穿在她身上不意外地相性絕佳。她往第一次看到她那天一樣的方向前進，她彎進巷子裡，伴隨著輕鬆的步伐。這時間點出門感覺是覓食或是採買食材，這並非每日必辦事項，而是有週期性的，因此不會天天出現在社區大門也相當合理。為了不跟丟她，我採取比較近距離的跟蹤，並且盡可能地裝作看著手機地圖找地點的樣子，雙目不時注視著紫藍，不容疏忽。

她又彎進某個巷子，正當我緊張地小跑步向前，以防一時的遺漏導致缺憾發生之時，紫藍就在我轉身之際，正面朝著我，雙手抱胸以一臉無奈的臉孔表示：

「你要跟蹤到什麼時候？」

我一時語塞，沒想到她早就發現了。

「說吧，跟蹤我有什麼目的？」紫藍無所畏懼地問。

令我深感心痛的是，她似乎忘記了一年前和我的事。我打算試探看看。

「妳忘記我了嗎？」

「你是誰？我根本不認識你。」

「一年前我們相遇過，那時候我說妳長得很像我熟識的女性。」

「這什麼鬼？簡直是遜爆的搭訕台詞。」紫藍一臉厭惡地說。

「對！妳一年前也是這麼說。然後我就說我才不會用這種老套手法，妳說也對，在這個世道。」

「我才沒有說過，更何況我根本沒有見過像你這種變態的印象。」她越來越不加以掩飾臉上的厭惡，整個人釋放出足以鋪滿整條巷子的不滿氣息。「泡泡糖城市。」情急之下我這麼說。

「什麼？」

頓時間紫藍整個人的表情垮了下來，取代的是近乎困惑以及不解的面容。

「你再說一次？」

「泡泡糖城市。」我又再重複。

「你怎麼知道這句話的？」紫藍激動地問。

「這是我自己稱呼這座城市的用法，因為被封閉著的我們，簡直就像在泡泡糖裡頭，不是嗎？」

「不可能……怎麼會，你也……」紫藍語無倫次著，這句話為什麼讓她如此混亂我不清楚，但至少已經改變風的趨勢了。

「你那時候主動告訴我，我們很相像，內心的部分。我是妳，而妳是我，妳忘了嗎？這都是妳說過的話，總不可能這座城市還有另一個和妳還有我熟識的女性一樣面容的人吧？就算全世界至少有三個這樣的人，也太集中了。」

「不要吵。」紫藍不悅地大吼。「堂堂一個男人不要這麼囉嗦，劈哩啪啦講個不停，讓人生厭。」

「抱歉。」

我兩手一攤。紫藍似乎受不了咄咄逼人的語氣。近看才發現即使穿著運動外套，仍隱蔽不住紫藍的好身材。她用力地發著脾氣，看起來不算小的胸部也隨著她的喘息上下起伏。

「嗯？」

紫藍嘆了口氣。「泡泡糖城市是我三年前去世的男友給這座城市冠上的名稱。」

眼前的這位女性，和一年前我所見到的人，總有種程度上的差異，彷彿不是同一個人。

「不好意思，我一時想到他，口氣才變得這麼差。因為我沒想到會有人也講出這種話，你應該不認識他吧？」

「在討論妳男友是誰之前，我能斷定我身邊沒有人這麼稱呼這座城市。」

「我不知道一年前你遇到的是誰，也許是我，也許不是，但總之，會說出我和你很相像這種話，絕對不是現在的我說的。」紫藍一臉冷凝地說。

「那會是什麼時期的妳？」我問。

「不知道，因為我有時候會夢遊。這不是開玩笑，是切身的夢遊。我會毫無記憶地做出一些令他人感到沒有頭緒的事，而且就外人看來，我的意識相當清楚，但實際上卻不是那樣。我被深鎖在意識的寶庫裡，哭喪著臉，等候著夢醒時分。」

「妳願意和我透露這件事，我可以認定在基礎上妳是相信我的嗎？」我說。

「不知道，我沒什麼想法。不過也許我能相信你在一定程度上和我有所連結吧。」

「因為泡泡糖城市嗎？」

「能想出泡泡糖城市這句話的人不多，關聯性在這上頭嗎？我不敢肯定。在我男友去世後，有一段時間我天天以淚洗面，毫無朝氣，如行屍走肉般，但不論如何，我都不得不接受一件事實——那就是在這座城市的我，沒辦法去憑弔任何人。」

「因為這座城市在本質上接近死亡，已經沒有憑弔的意義。」

「你說得相當精準，完全就是那樣。所以我認為，只有繼續待在他曾活著的城市，才能讓我接近形式上的逃脫。」

形式上的逃脫，我在心裡刻著這幾個字眼。

「久了我便發現一件事。」紫藍說。「所謂的泡泡糖城市反而成為我的一種慰藉。活著本身，成為一種潛意識上的憑弔，我正以自己的方式，也可能正透過清醒的夢遊，這種弔詭且違反常理的方式，默默地哀悼著死去的他，而且我本身都察覺不到這偌大的事實。」

「但妳仍舊察覺到了。」我說。

「總是會發現的，不然太奇怪了。」紫藍莞爾一笑。「我的電話在上頭。」紫藍遞給我她的名片。

邊角精細的名片。上頭印著姓名、電話，還有「邊境防衛部事務處專員」的斗大頭銜，一張死板且空白處多的名片，沒有情感的自我介紹從裡頭浮起。當然，這些資訊我早就知道了，但我得裝作第一次看到。

「紫藍，真美的名字。」我說。

「你早就知道了吧？跟蹤狂。」紫藍冷笑著說。

「才沒有。」我咕噥。

「如果你做好逃離的準備，就撥打這通電話吧。」紫藍說。

「什麼？」我下意識地問。

「字面上的意思，不含有任何諷刺含義。」紫藍說完，便揚長而去，邁入夕陽西下，被餘暉染紅的巷口裡。

我則呆愣在原處，對她所說的隻字片言圍繞著、攪亂著。

3

真是我無法預想的展開。

如果你做好逃離的準備，就撥打這通電話吧，紫藍自信滿滿地說。

我想，她相當清楚我需要什麼，也清楚我到底做了多少事前準備。我託人（貓）調查她的事她也瞭若指掌，若不是在某種程度的默許下，有辦法取得這麼詳細的資料嗎？當然，我覺得不要輕看洛夫比較好，只是不禁這樣想而已。紫藍什麼都知道，縱使一年前和我相遇的可能是她「夢遊」的狀態，但總結來說，那都是她，不會錯的。就算如今觀察下來氣質明顯不同，但人的輪廓（除非整容）、姿態和氣息是不會變的，她就是紫藍，紫藍就是她；我是她，她是我。兩者間有著相似而雷同的部分，不是那麼纖細程度上的外貌相符，而是從心靈層面上分離出來的兩種型態的人。這樣形容雖然有點噁心，但這也是夢遊時的紫藍所闡述的觀點，不是我，這樣子可信度應該增加不少吧。

然而，當我追尋許久、夢寐以求的解答在眼前若隱若現時，我卻陷入了迷航程度的猶豫。沒有方向感，不確定是否該隻手抓住那耀眼的一隅。穩定性是那麼不足，立場也那麼搖擺不定。答案或許很自然、很直接，不過卻也令人卻步，就像是擔憂著眼前食物是否為獵人擺放的陷阱的野生小鹿般謹慎，這是我現在最直接的感受。

我把紫藍的名片輕放在小桌凳上，一旁還有洛夫整理出來的文件，上頭的資訊一應俱全，包含三圍，這隻偵探貓到底怎麼調查到的呢？深感敬佩。

一股赤裸感硬生生地投射在我身上，我將目光轉向刺眼視線的來源，透過窗簾的剪影，鳥在窗外似乎正抓著我家陽台的欄杆，傻傻地看著我。我把窗簾拉開，解除鋁窗的鎖扣，打開窗戶。鳥跳了進來。

「您終於發現我了。」

「你到底有什麼事嗎？」我問。

「問題還沒被解決，對吧？」鳥問。

「這倒是。」我嘆口氣。「正如你說的，確實沒有被解決，而且更複雜化了。」

「所以洛夫先生才會派我來協助您。」

「那你說，現階段你要怎麼幫助我？」

「首先，您很猶豫吧？」

「……嗯，對。」我有些遲疑地回應，想不到鳥看起來傻呼呼的，但已經掌握多少狀況了嗎？

「我和洛夫先生都對那位女性的能力感到讚嘆有加，因為她確實有辦法讓您突破您的險峻狀況，我稱之為突圍的能力。您清楚嗎？」

「願聞其詳。」

「細節我不清楚，但可以理解的是，她很特別。」

「她百分之百不是我認識的友人對吧？」

「那是肯定的。她就是她，在這之前和您沒有任何交集的女性噢。」

「『在這之前』是吧？」

「依照她的記憶來說，是這樣的。」鳥邊敘述，邊激動地拍打著翅膀。
「背後會有什麼更深奧的祕密嗎？」
「應該是沒有，只要您撥那通電話，所有您在意的答案都將暴露在陽光下。」
「所以關鍵還是在我自身是否有解謎的勇氣了對吧？」
「如果這是您的理解的話。」鳥誠懇地說。

半夜我幾乎睡不著，一想到只要撥這通電話，我的人生或許將有所改變，便渾身感到過度亢奮。不過，不禁會這麼想：真的會這麼順利嗎？

鳥所謂的突圍，真的能讓我形式上闖出這座城市嗎？我一個人離開這裡，真的能改變什麼嗎？但我也不是為了改變世界才開始計劃這一切的，說到底，我根本沒有這種能耐，革命這種事應該交給更強悍的人才對。

我將ＣＤ播放器的插頭插上，放入土岐麻子的《PASSION BLUE》專輯。專輯歌詞本的四角已經不怎麼銳利，ＣＤ的背面也充斥著刮痕，是一張被播放多遍的專輯。如果能用黑膠唱盤來播放，肯定能聽到更飽滿的音色吧？可惜我沒餘裕做這種事。

直到曲目播放到最後一首〈Bubble Gum Town〉，我才窩進被窩裡，細細地聆聽著電子編曲的前奏不拘小節地躁進，緊接著伴隨著柔順的旋律，富有融化靈魂本質的嗓音流進耳底。幻想著深藍色調裡的泡泡糖城市，我站在某棟高聳建築的頂端，試圖以自我去改變色彩正轉變貧弱的世界。

縱使就現實面來說我無能為力，但我依然不願放棄，耗盡生命似地用力一搏。

清晨五點，我幾乎沒怎麼睡地起床。CD播放器已經停滯了旋律的流動，我從頭播放不知道幾遍，最後都於〈Bubble Gum Town〉的開頭時進入睡眠的餘韻階段，卻又在播放完該曲、陷入一片死寂的沉默後，喪失了僅存的睡意。持續在這樣不營養的循環後，我決定讓自己脫離床的驕縱，脫下衣服，沖個暢快的冷水澡，做個簡單的盥洗。之後，我走到小桌凳前，望著那張名片，解開手機的保護鎖，撥打起名片上頭的號碼。我倒吸一口氣，接下來會有什麼事在等著我呢？我緊張到甚至忘記現在才早晨五點半，正常人還在夢世界嬉戲著，輪不到現實來攪局才對。正當我這麼一想時，電話接通了。

「嘿，現在幾點？」模糊的聲音壓縮成一團。

糟糕，我心想。

「不說話嗎？」紫藍一副要掛電話的口氣。

「等等。」我說。「我做好逃離的準備了。」

「噢，是你。那好，等我一下，馬上到我說的地址來吧。」

「妳其實可以再睡一下沒關係。」我愧疚地說。

「沒關係，你能打給我告訴我這件事，已經讓我興奮到睡不著了。」

「什麼？」我問。

「字面上的意思，等等見。」

紫藍在迅速地告訴我地址以及見面時間後，旋即掛上電話。我的逃離足以讓她興奮到睡不到覺？別開玩笑了？什麼鬼？我坐在地板上倚靠著沙發，滿腦子都是紫藍的話。

字面上的意思？

如果我記得沒錯，上一次她有說過這句話。還有一年前夢遊中的她也曾這麼說過。當時她說我是她，她是我，而我質問她時她則這麼回覆我。也就是說，紫藍和夢遊狀態的她實質上還是相符的，某些東西相連著。

我深思著她和我那看似無破綻卻亦滿是漏洞的關聯性，我突然有這樣的念頭閃過：剛才的紫藍，會不會正在夢遊呢？

## 4

天還未完全亮，帶有一絲憂鬱的細扁晨光膽怯地接近我。距離約定好的時間還差十五分鐘，我在台北車站附近的某家咖啡店外等著紫藍。街上行人寥若晨星，這是當然的，畢竟城市裡的人們尚未甦醒。秋天的清晨帶有生澀的涼意，我吐著霧氣，等候著時間的流逝，或許也開始了距離我離開這座泡泡糖城市的倒數計時。

我猶疑著紫藍會不會失約，抑或是講完電話後便倒頭呼呼大睡等等多餘的胡思亂想，這個節骨眼總會這樣。

「明日這座城市會落入誰的手中呢？」土岐麻子絲毫沒有疑問地高吭唱著，似乎心中已經有篤定的答案。

我確實先一步站在明日的高空俯瞰著城市，我當然不知道這幾條錯綜的街道將會是誰的所有物，也許人人都曾擁有，也許不曾有人擁有，至少，現在這副美麗的景象尚未凋零，也暫未被誰宛如簽署契約般地擁有。

「抱歉，晚到了。」紫藍套著淺綠色的薄棉外套，穿著緊身牛仔褲，斜背著符合她優雅氣質的 Chanel 肩包，彬彬有禮地說。不小心瞥到她凸起的胸部也讓我想起洛夫調查的三圍。

「不會，我也剛到。」我掩飾心中不純潔的念頭回應道。

「少來了，黑眼圈這麼重。我猜你應該睡得不好吧？」

我笑而不答。

我們簡單地點完餐，便坐在靠窗的位置面面相覷著。她手托著下巴，悠哉地望向窗外的晨景。我則看著她，以及她脫下外套後顯露的樹葉印花半開襟白襯衫。

「一直盯著女性的胸部，很沒有禮貌噢。」紫藍率先開口。

「沒有，我沒有特意看什麼部位，只是覺得——」

「覺得很像你熟識的朋友嗎？」

「對。」

「我建議你別拘束於過往了，因為會讓人倒胃口噢。」雖然是很毒辣的建言，紫藍卻以溫柔婉約的口吻說，讓話語的強韌度下降不少，雖然聽起來還是很刺痛。

「妳說起來特別沒說服力呢。」我說。

「別看我這樣，我早就從那段悲哀的時間裡走出來了，否則不會坐在這裡和你喝咖啡。」

「我也不是刻意被過去的自己絆住，只不過，時候到了而已。」

「時候到了？」原先將視線游移在窗外的紫藍，抱持著深厚興趣看向我。

「妳不是也這麼說嗎？『如果你做好逃離的準備，就撥打這通電話吧。』而現在，就是那一刻，不是嗎？」

「確實。」紫藍點點頭，露出「似乎能理解」的微笑。

「我可以問妳一件事嗎？」我說。

「請說。」

我吞了吞口水。清晨的咖啡店陸續有早起的人們湧入，並不是那麼門可羅雀。不過當下紫藍一安靜，周遭的聲音彷彿都被吸走，成了靜謐的真空。連吞口水的聲音都清晰可聞，果然關鍵的時刻是很難僥倖逃過的。

「為什麼妳都是在早晨的莫名時段回家，夜晚才出門呢？」為了一解我心中壓抑的疑惑，我不得不讓自己陷入危機之中。

「當然是工作輪班需要呀。啊，果然是跟蹤狂。」我擺出誠懇的面容應對，但沒什麼用。紫藍露出滿臉嫌惡，雖然很快地便恢復原樣。

「好啦，我早就知道你在調查我的事了。」

「是嗎？」我驚愕地說。縱使心裡曾這麼想過，但得知事實時恐怕還是難掩震驚。「不覺得噁心嗎？」

「不會。」紫藍搖頭說道。「因為你是見過我夢遊的人。值得我信任。」

「值得妳信任？」

「我指的是，你對我本身的好奇，還有夢遊的我的目的性，想必兩者之間有最大公因數。我相信那個相信我夢遊狀態的話的人。」

「因為那始終是妳嗎？」

「沒錯。也因為這樣，我很討厭她。」

「討厭？」

服務生這個時候端上兩杯冰美式，還有我們點的三明治。紫藍用吸管吸了一口冰咖啡，淡淡地說：「不喜歡這個豆子的味道。」

「讓我整理一下。原則上妳把夢遊的妳當成另一個人格，並且任她自行其是，對嗎？妳相信那個狀態的妳的本質是和妳相近，但討厭又是怎麼一回事呢？」

「字面上的意思。」紫藍說。

「又是嗎？」

「什麼又是？明明分開的單字你聽得懂，怎麼融合成句子後你就無法理解了呢？既然是字面上的意思，不就表示並非猶如潛藏在深海底下的冰山般險峻，而是肉眼可見溪底的清澈小溪的程度不是嗎？這麼淺顯易懂的東西為什麼你總要複雜化、曲解它呢？」

我無法反駁，她說的話沒有任何紕漏且不容誤差地正中紅心。我這個人的缺點就是想太多，經常讓腦中的結變得更加難解、複雜。我不自覺地拿起銀湯匙輕敲著桌面。

「討厭這件事，是一言難盡的。」紫藍接續著說。「或許你會覺得難以理解吧？但這是只有當事人的我和『她』才能解決的事。當然，或許你也有機會能化解這場糾紛，所以我當時才會那樣和你說。」

「妳是指逃離這座城市這件事嗎？」

「我開始患上夢遊現象是在六年前。你有頭緒了嗎？」

經她這麼一說，總覺得結開始鬆脫了。

「我熟識且和妳面容神似的女性，去世的時間點差不多是六年前。」

「是嗎？真巧。我可不覺得是偶然，這世界才沒有偶然。」紫藍說。

「或許沒有。」我坦然地說。

「確實沒有。起初是輕微、短時間的夢遊，後來卻慢慢地拉長狀態，變得近乎人格分裂。為了緩解情況也為了避免就職上的麻煩，我選擇辭了原本的工作，考進邊境防衛部，因為那裡很清閒，只不過上班的時段很不穩定，時常半夜出勤，早晨回來睡覺。但也剛好，那個人格最常活躍的時間是白天。」

「然後呢？有因為工作環境的轉變給予那個人格什麼刺激嗎？」

「夢遊的頻率意外地減低不少，那個人格似乎接近到城市邊緣就會變得乖馴許多；不過簡直是為此而付出的代價似的，夢遊的深度卻逐漸加重，我有時候會突然性地看見炎熱的沙灘或是冰涼的海水，甚至有時候會無法控制自己身體似地踏浪玩水，當我回過神時才發現我又夢遊了，而且延續著好幾天。據他人所言，那幾天的我作息都正常，只是彷彿被別人占據了我的軀體，當然對我來說是這樣沒錯。一想到這件事，雞皮疙瘩就不禁湧上，無時無刻都擔心自己是否會在無意識下會鑄下什麼大錯。」

「除了海，還有看見什麼嗎？」我問。

「還有噢，我還有看見夜晚的城鎮，感覺是比較郊區的鄉鎮，沒有人的空曠公園。這情況比較少見，有什麼令你想到的事嗎？」

我喝了一口冰咖啡，無力地攤軟在沙發上。連啃一口三明治的食慾都喪失了，C

到底想透過紫藍暗示我什麼嗎？已經死去的她，真的在靈魂離開身體的那一刻，「偶然」地以夢遊性質的人格，附身在紫藍身上嗎？這世界有這麼荒誕、懸疑的事情存在著嗎？啊，算了，因為是這個敗壞的世界哪！城市和城市間的聯繫被中斷，成了惡性循環的封閉狀態的世界，又有什麼不會發生呢？像是提供人詭異的條件藉機換取寶貴情感的可疑業務員；下了整整兩個多月、從未停滯過的暴雨，雨停以後將城市澈底洗淨；更不用說會說話的貓了，一切都不可思議到一個離譜的地步。這才驚覺以前的自己竟然認為這是再尋常不過的事，也難怪虎斑紋的偵探貓洛夫會對我的習慣如此不解。

仔細想想，這可真是荒謬的習以為常。我終於恍然大悟。不知道是否為時已晚呢？這時候還真想再和那隻貓聊聊，或許牠能給我關鍵的提示。

「讓我們回到討厭這件事吧？」我說。

紫藍雙眼有神地直視我。

「妳討厭那個人格是很本質性的，因為她或多或少干擾了妳的生活，縱使她原則上是從妳身上分離的。」

紫藍點點頭。「從行徑上來判斷是這樣沒錯，若綜合你剛才所說的六年前的巧合，這個人格有很大的可能性是從你死去朋友的靈魂所造成的。」紫藍喝一口咖啡，表情如收到訃聞般沉重地垮下。「從嘴巴說出口感覺真是糟透了，但有這個可能性而且無法排除，對嗎？」

我深思了大概十秒鐘的時間。

「沒錯。不能否認她正透過妳傳達著什麼，但我認為她無法完全操控著妳，也不一定有這個意願，只是依附在妳的靈魂上，並且拉出一部分形成獨立的狀態，也就是透過夢遊這個行為達成某些目的。」

「所以那個人格基本上是我，也不算是我，你的意思是這樣吧？」

「畢竟只是長相像，不代表個性會一模一樣吧。」

我掏出名片夾，把裡頭的C的照片遞給紫藍過目。

「噁心。」紫藍接下照片後，皺著眉再次露出嫌棄的表情。

「這是她送我的照片。」

「你們曾是戀人？」紫藍笑著，像是狗仔記者般地打探。

「這件事說來話長，就現在的話題來說沒什麼幫助。我給妳看這張照片只是一時興起想讓妳看看妳們到底多像而已，不過是高中時期的照片就是了。」

「炫耀以前的女人對事情就有幫助嗎？真不懂你的邏輯。不過她真的和我一模一樣噢，這幾乎可以拿來充當我高中時期的照片，我沒有騙你，同個模子刻出來的，絕對是。看到這張照片，便讓我有一種難怪她會選擇我作為附身宿主的錯覺呢。」

「但總結來說，妳還是希望能趕走她。」

「這不是理所當然嗎？沒有人希望自己的身體裡住著另一個時常搗蛋的人格，而且還會四處夢遊吧？」

「然後，妳認為我有辦法幫助妳。可是在妳跟我說『決定好再撥電話』的那一天，妳根本不知道我那位朋友死去的時間點和妳開始夢遊的時間點相符吧？還是妳也在調查我呢？」我問。

「你千萬別往你臉上貼金，你長得又不帥，我為什麼要調查你？不要把你那令人渾身不舒服的行徑套用在我身上。更何況，你當時說過了吧？我和你朋友很相似，就是那句搭訕的話讓我聯想到，或許你是讓我那個夢遊人格散去的關鍵，現在我更確信了。」

「還有泡泡糖城市？」

「對。」

「沒有理由的根據。」我說。

「是啊，沒有任何依據的判斷，但往往依賴著直覺總不會錯。」

「現在這個局面的容錯率很低唷。」我說。

「但事實證明，我們確實正在往對的方向前進。反正也沒什麼退路了吧？不論你或我。」

我嘆口氣。現在比較有食欲了，我拿起有點涼掉的三明治，大口咬下。生菜及培根的口感意外和軟掉的吐司皮融合得恰到好處。

「我現在告訴你我的計畫。」紫藍低下身子，以相當於咬耳朵的距離及音量說。

「這是個很巨大的機密，你千萬別透露出去，知道嗎？」

我也跟著低下身子，兩個人維持著很像要接吻的姿態對話著，老實說，我有點緊張。

「白痴，別羞紅著臉，現在談正經事。」

「好。」我忍著笑意說。

「邊境防衛部的員工有個特權，就是有一次機會，能離開這座城市。」

「什麼？」我大喊。櫃檯的員工以及距離我們稍遠桌的顧客聞聲都望向我們這邊。

「笨蛋，安靜點。」紫藍翻了個白眼後火大地瞪我，隨後恢復輕聲細語：「一旦使用了，將能離開泡泡糖城市，就這麼簡單。」

「那這和妳的計畫有什麼關聯？難道妳要讓給我嗎？這是可以轉讓的東西嗎？」

「算是可以轉讓的東西吧？用我的權限可以做到。」

「這樣妳就無法使用在妳身上了對吧？」

「我正是不需要才會讓給你，你只要下定決心離開這裡就可以了。我是這麼認為的：只要我幫助你離開這座城市，那麼這個人格就會死去。」

「妳為什麼如此篤定？」

「很簡單，因為這個人格在我的身體裡，我的意識正這麼傳達著她想幫助你的意念。我願意花掉這個機會，讓你達成願望，當然，實質上也是在幫助我，一舉兩得。」紫藍維持著輕聲說。

很沒道理對吧？但我如此相信著噢。紫藍旋即補充說道。

我低頭不語，我在腦中想著這件事。不對，我現在完全無法思考，沒辦法進一步判斷正確還是錯誤。

「這麼問可能有點冒昧，但妳之前提及死去的男友，他……是怎麼去世的呢？如果妳不想說沒關係。」

紫藍的情緒沒有太大的轉變，雙眼盯著冰咖啡裡的冰塊。「他想……離開這座泡泡糖城市。」

紫藍停頓起來，欲言又止的樣子。我等著她繼續說，然而話題像是被附上斗大的句點般，也宛如終幕的戲劇，陷入結尾形式的沉默。就這樣一路到七點半，將近一小時的時間我們各自享用著早點，面對面卻不再脫口道出一句話、一個字，甚至連鼻息都嫌浪費似地省力呼吸，彷彿聲音還有欲脫口而出的話語都被真空吸得一乾二淨，是那樣程度的安靜。

我環視店內，果然這家店終究還是門可羅雀。照理說位在熱門地段的這時間，店內應該要被來客給淹沒才對，但定睛一瞧才留意到店裡頭只剩一組內用餐桌位有人，此外就剩一組等候外帶的顧客。冷清清的店裡，廣播開始播放起流行音樂。現在播放的似乎是近期比較受矚目的獨立樂團歌曲，這年頭還有獨立音樂創作者正拼命地彈奏樂器、錄製歌曲嗎？真是可貴。

「想離開這裡的人，終究會死噢。」紫藍吐了口氣，在間隔一段冗長的時間後，她終於開口說。

「聽起來也是相當危險的一件事。」我承認。

「而且就算活著離開這座城市，也只是到下一座泡泡糖城市，你認為會比較好嗎？」

「沒有離開之前我不敢定奪。而且我想看海。」

「台北也可以看海，應該說是河景才對，爬個七星山，就能一覽淡水河了。」

「福隆的海。」我說。

「什麼？」

「我想去福隆的海邊。」

「那你充其量只是到下一座封閉的城市而已噢，而且不會再有人給你機會使用權限。」紫藍鄭重地說。

我沉默。

「總之，計畫大概就是這樣，再來細節的逃脫，等你決定好，我再告訴你吧？」

「我剛才這樣不算是決定好嗎？」我問。

「明顯你在猶豫著吧？你在想你是不是落入利慾薰心的陷阱，會不會一時沖昏了頭，才撥了這通電話和我見面的。」

「我必須先老實說，我並不後悔和妳見面，因為我得到了許多有實質幫助的資訊。」

「只是？」

「只是要踏出關鍵的那一步，好像有點遲疑著。」

「這再正常不過。所以我會給你時間再想想的。啊，這首歌，我最近很喜歡。」

紫藍一說，我才將有點恍惚的注意力放在店內的廣播上。是剛才獨立樂團的頻道，我仔細聆聽著：

閉上了雙眼　停止了流淚
崩潰的世界　是否在下雪

我們被壓抑　欺騙著自己
天生不好奇　卻四處尋覓
驕傲又調皮　桀驁而不馴
跑也跑不贏　虛度的光陰

我們的內心　下了一場暴雪

下了一場暴雪　我們都瘋了
我們的世界　下了一場暴雪

永遠在懊悔　卻又不向前
沾粉的雪花　飄到誰指尖
手錶的時間　停止在那年
染紅的夕陽　映不進眼簾

我們的內心　下了一場暴雪

下了一場暴雪　我們都瘋了
我們的世界　下了一場暴雪
下了一場暴雪　我們都瘋了
我們的世界　下了一場暴雪

是誰在哀嚎　下了一場暴雪

下了一場暴雪　我們都瘋了
我們的世界　下了一場暴雪
下了一場暴雪　我們都瘋了
我們的世界　下了一場暴雪

在最後的夏天

這是首顆粒感很重的搖滾樂，男主唱的音域算高，而且聲音如溪水般清澈，簡直不是為了唱獨立樂團的歌曲而存在的聲音，但要唱流行樂則又顯得不夠「流行」，似乎是定位很尷尬的聲音；到了副歌時則由另一位爆發力更強悍的主唱掌控，其厚度結實的嗓音把副歌的情感完整呈現，他唱完副歌後再由原本嗓音比較清澈（卻又稍嫌扁平）的男主唱接續唱著主歌段落。我這才發現原來負責主歌的男主唱的聲音在這首歌裡以情感的鋪陳來說，是別具意義且恰到好處的。一粗一細的嗓音交互，讓這首歌能確確實實將欲傳達的情緒一滴不剩地釋放，搭配著穩定的鼓點及電 BASS 控場、主吉他Clean Tone的襯托、節奏吉他副歌的破音，明明聽起來很雜亂的歌，卻讓我在結尾時感到整齊而順暢，不可思議。

「如何，這首歌？聽著聽著就能感受到一股魔力對吧？」紫藍問。

「魔力？或許有，只不過我有個簡單的疑問，為什麼這麼執著在暴雪上呢？」

「誰知道呢？或許在他們的心中，希望這個世界或者這座城市下一場暴雪，好破壞一切吧？」

「真是極端的想法。」我說。

「或許這也不錯不是嗎？畢竟在這樣的世道。」

「妳又是喜歡這首歌什麼地方呢？具體說明看看，不要用魔力搪塞過。」

「真強人所難，喜歡一首歌哪有什麼具體邏輯？就只是聽著聽著便覺得很對我胃口，沒有任何緣由。」

「是嗎？」我聳肩。「這支樂團叫什麼名字？」

「**來亂樂團**，原先不怎麼有名氣，但最近他們的歌曲開始登上一些廣播電台頻道，好像有某種契機操控著似的，知名度突然擴散開來。」

「這不也是這些音樂頻道的立意嗎？讓好歌曲被更多人聽到。」

「聽說是另一種更不為人知的地下因素。」

「地下因素？」我慎重地說出這幾個字。我能明顯察覺到所謂的「地下」可能不是指地下樂團或音樂，而是什麼劇本故事裡的陰謀般深黑的邪惡。

「有不少網路上的討論指出，這支樂團正透過歌曲傳遞著革命以及反叛的暗示。」紫藍左顧右盼，確認周遭的餐桌仍沒有人後，以更輕聲的口吻說。

「這裡又沒有極權政府。更何況封閉的城市也非政府造成的，他們只是在避免事態擴張。」

「但是人們始終無法忍受泡泡糖城市，你不也是嗎？」

我再次沉默以對，不得不說，她說得對極了。

「不過，我沒有特別去留意歌詞裡的細節，也沒核對那些類似於暗號的反叛號角象徵，因為我沒有興趣，也不會有興趣。我只是很單純地喜歡這支樂團，還有這首歌。」

「這首歌確實不錯聽。但我想不至於到讓我瘋狂著迷的地步。」我說。

「你這句話不是認真的吧？通常讓人聽個千百遍的歌曲，往往第一印象都很普通，但卻慢慢地，像被毒物侵蝕般地愛上噢，就像愛人那樣。」紫藍歪著頭，露出詭異的笑容。

「妳也在暗示我什麼嗎？」我不耐地問。

「我只是在想，你真的對照片裡的女性毫無感情嗎？雖然這麼說有點自戀，但我覺得你多少把對她的情感投射在我身上了對吧？所以才那麼噁……我是說堅毅不拔。」

「妳剛才說噁心了吧？」我問。

「沒有。所以你有嗎？對那女孩。」

「沒有。」我冷冷地回答，又或者該說刻意地、厭煩地冷淡回應。

「你真不坦率。」

「我一直都不是有話直說的人，因為很彆扭。」

「所以才不願告訴你的好朋友你和她的關係？」紫藍說完露出一副說溜嘴的樣子。

「果然，妳有調查過我。」

紫藍鬆了口氣，往後仰靠在軟綿綿的沙發上。

「這是祕密。」紫藍說。「我答應過洛夫先生。」

「妳這樣說我就清楚了，我該去找牠算帳。」

「沒有用的，牠現在不在這裡。」紫藍看向窗外。

「不在這裡？」

「是的，不在這裡，有其他要事得處理。」紫藍說。「不管你再怎麼想隱瞞，真相都在你的心裡，我建議你可以再坦率一點。」

洛夫有其他要事得處理，我在心裡惦記著。

「謝謝建議。洛夫還有透露什麼嗎？」

「這是祕密。我也差不多了，想回家睡個回籠覺。」紫藍伸個懶腰。「如果你下定決心後，再撥電話給我吧，我會很認真地幫你處理，真的。」

我點點頭。紫藍旋即站起身前往結帳。「沒關係，我付就好。」她這麼說完便到櫃檯買單，再以眼神和我告別，邁著不算沉重也不怎麼輕鬆的步伐走出咖啡店。我呆愣著坐在座位上，心裡亂成一團，我知道我必須解決這件事，然而那哽在心裡的異樣尚未消除，這讓我很不舒服，簡直如未清理乾淨的傷口般令人煩躁。

我想對我來說的首件要事，無疑是撕開這座泡泡糖城市的銀色鋁箔紙。

應該說，這是曾經駐足於我心中的一件要事。

正如事態所演變的，台北已經成了一座沒有情感的泡泡糖城市。沒有過去；沒有未來；更別提現在。現在的時間流動都如贗品般虛假，而且是毫不掩飾的程度。這裡已經不具備任何生的價值；死，也只是淡淡地、沉沉地，如影子般沾黏在人們背後，某一天再無預警地突然消失。既然如此，泡泡糖城市這個名詞，其實根本就不適合如此斑駁的台北。

撕開銀色鋁箔紙的泡泡糖，嚐起來可能是充滿甜氣的水果味，也可能是刺激的酸味，如果忽略掉註明口味的包裝紙，鋁箔紙裡頭的神祕面紗對滿心歡喜的孩童來說，無疑充滿驚奇。所以我才說「泡泡糖城市」這個形容和台北不搭，不存在任何意外性的城市，和期待無法劃上等號。我想我把「泡泡」聯想成比較封閉式、比較負面的形容，諷刺的是，負面的「泡泡糖城市」正是和這座城市最相稱的標籤，充滿了矛盾，同時也充滿著異和感。

如今對我來說，撕開這銀色鋁箔紙對我來說的意義和目的又是什麼呢？

## 5

一回到家，我便打開筆電，登入音樂串流平台，將**來亂樂團**的歌曲都聽了一遍。和土岐麻子所擅長的爵士曲風不同，**來亂樂團**是屬於比較流行的搖滾樂團。也許獨立樂團的經費不足，所以在編曲的場面上無法做得太過於浩大，但就規模來說，感覺也不差就是了。人要衣裝，佛要金裝，以一支知名度不高且也不算多稱頭的樂團來說，這樣簡單的編製反而可謂水到渠成。

但說實在的，除了我在咖啡店聽到的〈下了一場暴雪〉外，其他歌曲的張力就稍嫌不足。就只有這首，紫藍也喜歡的這首歌，給人一種不同的氛圍。我試著詳閱他們的歌詞，但我找不到這文謅謅的歌詞裡吸引我的地方，也尋覓不著共鳴點，但我就是覺得這首歌不一樣，卻又真的說不出個所以然，正如紫藍抱怨的那樣，喜歡一首歌不需要什麼理由，就是莫名其妙地不自覺哼起歌，真是上乘。

網站上記載著樂團團員們的名字，多以綽號代稱：主唱「E」、吉他手飛利浦以及Hiro、BASS手大預言家、鼓手憲哥。大預言家？這也算綽號嗎？還有主唱的「E」，只有他的名字有引號，完全不懂含義在哪，難道自己的本名這麼難以見人嗎？

不過我想起紫藍曾這麼說過：「這支樂團正透過歌曲傳遞著革命以及反叛的暗示。」如果真是如此，那麼隱藏自己的名字確實有其必要性，我也沒有從任何網頁上找到團員們的照片，甚至連Live表演影像都沒有，宛如隱藏面容的假面歌手，連存在本身都抹上濃厚的神祕屬性，讓人摸不著頭緒。

我再次將〈下了一場暴雪〉的歌詞一字不漏地確認著，要說掩藏著革命含義，也並非沒有，「我們被壓抑，欺騙著自己。」這幾個字可能有這樣的感覺吧？可是，對這座城市本身進行革命是毫無意義的，任何人都清楚。有過錯的不是這座城市，因為這個世界的慘狀是一個趨勢，誰都逃不了，就像是對牆揮拳，所有的痛楚終究回歸自身；與其糾結在對抗以及報復，踏實地過著日子或許才是活在這裡的上上策。不過，如果這首歌將成為革命號角般的象徵，我想我也會認同吧？因為針對前述的上上策，雖然沒什麼好自豪的，但我可是最先捨棄掉的人，我現在也正為脫逃出這窘境奮鬥著，紮紮實實的局內人。

這就將回到原先的問題了，紫藍的提案——使用她身為邊境防衛事務員的權限，逃離這座泡泡糖城市，前往其他座泡泡糖城市——將帶給我接下來的人生巨大的轉變，這我再清楚不過，不論選擇或者不選擇，都將可能摧毀我自己，二分之一的機率，也可能是百分之百的機率。這絕對不像是答應告白或者簽下工作契約的決定那麼簡單，但也不至於到生離死別的訣別那麼艱深，只是對於未知的未來，沒有任何保障而已。

沒有方向地胡思亂想也只是在折磨自己，我選擇繼續聽〈下了一場暴雪〉，既然紫藍喜歡這首歌，而我的靈魂又可能和紫藍有著如雙胞胎般的相似，那麼這首歌對我來說肯定也別有含義在裡頭，我不願放棄手邊唯一的線索。也可能我還有另一條線索吧？那個線索用鳥喙輕敲著我家的落地窗。我拉開窗簾、打開落地窗，鳥滑稽地跳了進來，搖頭晃腦地說：

「如何？今天見到那位女性了嗎？」

「見到了。」我說。

「有什麼突破的進展嗎？」

「算有吧？」

「這首歌是什麼鑰匙嗎？」鳥問。「我在窗外聽你播著這首歌好久了。」

「有這個機率，但我還在找尋中。話說，洛夫呢？」

「噢，牠現在很忙，有點棘手的事讓牠不得不抽身處理，所以我在這裡作為牠的代理人活躍著。」

「『活躍著』這句話由當事人——不對，當事鳥自己親口說出來還挺怪的。」

「是嗎？」鳥疑問著。然後陷入極度擺盪的困惑裡頭。

「牠有能忙到如此的地步嗎？在這座城市？」我問鳥。我想起紫藍說過洛夫正在處理要事。

「不是這座城市。」鳥爽快地答道。

「你是指牠有辦法到其他城市？」

「不對，您的方向一開始就錯了。牠不在這座城市、這個世界。」

「這個世界？也就是說，牠現在在其他的世界？」

「算吧？我覺得這超出我能回答您的權限範圍了，我不認為有告知您的義務還有價值。更重要的是我不確定說出來會不會又被洛夫先生罵個臭頭。」

「ＯＫ，那我就不多問了，反正有你活躍著，你可以幫助我吧？」

「多多少少啦。」黑色的鳥突然收取先前狂妄的口氣，謙虛地說。

「虧你先前還給我哨子，一副胸有成竹的樣子。」我刻意地對鳥挑釁。

「噢，我可以被挑釁，但可不能被瞧不起，您就說吧，我有什麼能協助您的？」

「我需要知道**來亂樂團**的團員都在哪裡出沒。」

「什麼？」

「**來亂樂團**，唱著這首我一直重複循環播放歌曲的樂團，他們的資訊。」

「這對您有幫助？」鳥不解地看向我的筆電，然後在我與筆電間來回掃視。

「現階段我這麼認為。」我有自信地判斷。

「這也不是不行，只是要一次把握所有團員的資訊，可能需要一點時間呢。」鳥低著頭望向牠的黑羽，咀嚼著我的委託。

「沒關係，就算只有一個人也沒問題，但我希望是最好溝通，也能讓我儘快切中核心的人選。」

「核心？」

「逃離這座城市的信念裡頭深埋的核心。」

「我以為對您來說，這件事是勢在必行的，想不到您還缺乏動力嗎？」

「說來丟臉，但確實還差這一步。」我說。

「我知道了，我會盡我所能地調查。這麼完美的售後服務，想必也是洛夫先生所望。」鳥驕傲地挺胸說道。

正當我打開窗，鳥準備展翅離開之際，我這麼問：「對了。」

「嗯？」鳥似乎沒有預料到會被我喊住，錯愕地回過頭，收起開到一半的黑色翅膀。

「你認為台北會下雪嗎？而且是暴雪。」

「您這問題有什麼深奧的含義嗎？否則即使在氣候變遷的現代世界，要讓這座城市下雪依然比登天還難。或許真的只有飛向陽明山最接近天邊的頂峰才有可能嘍。」

想不到一隻鳥的頭腦比我還要清楚許多。

「你說得有道理。」

「您正循環播放的這首歌，是在描述那樣的世界嗎？」鳥問我。

「或許吧？我不知道，我也不確定那是個怎麼樣的情境。」我聳肩答道。

鳥專注地聽著落地窗裡頭筆電播放微弱的歌曲旋律，我無法從牠的表情察覺出什麼端倪。

「如果真有這樣的世界，我還真想親眼見證哪。」

鳥說完便旋即別過頭，翱翔於黑夜當中。皎潔的月亮高掛在天空，鳥的身影彷彿被月亮吞噬，越來越小。

我還真想親眼見證，牠說得對。

## 6

在一陣低溫的哆嗦下迎來混沌的早晨。

現在的時節是十二月，最令人淫浸於睡眠的月分。我在不久前辭去了義大利餐廳的打工，很可笑吧？已經命懸一線了，卻仍選擇如此險峻的方式度過，不過沒辦法，我下定決心了。如果在某一晚突然判斷該是離開的時刻，實在是不太好意思在半夜打給店長擾人清夢還帶給人家麻煩。所以這樣是最好的，提前將所有包袱都卸下，才不會在關鍵時刻成為絆腳石，我是這麼想的。

進退維谷。這句話用來形容我現在的處境還真是萬分貼切。

雖然覺得自己習慣了異常的寒冷，卻一點也不覺得會下雪。如果台北就這麼下起一場暴雪，我想黑天鵝效應可以應證在這座城市每個人臉上：想必是雙眼睜大、嘴合不起來的逗趣面容。

細看牆上的掛鐘，現在才不到早上六點。我套上一件厚磅棒球外套，踏出如凍結的死寂城市，沒有生機，沒有靈魂；沒有想像，沒有情感。我沿著冷清的街道行走著，乾乾灰灰的柏油路如枯萎的百合花般毫無生氣地被我腳上的板鞋踩踏。我循著多年來不變的路線，規律地踏著步伐，感受著即便天崩地裂也闃聲不動的城鎮命脈。當我回過神，便已經來到溪水乾涸的橋，也就是纏人怪帽子傢伙曾和我搭話、讓我思索「溪水是什麼時候乾涸的呢？」的那座橋，我那時候正思考著這個不算遙遠，卻被無意間隱蔽的記憶層面問題。

然而，一到橋邊時，讓我啞口無言的是——橋下不再是乾巴巴的一片，而是富饒清澈水質，生意盎然的溪水光景；不再有任何一絲寂寞、淒涼的元素，而是飽具生態，光影交錯中的明亮光彩。

這個轉變實在太讓我震驚了。若要追溯原因，或許得多虧一年多前那場下不完的雨，讓原先貧壞的土地接納了雨水的滋潤，進而醞釀出足夠的水量，使得具渡溪作用的橋恢復了存在的意義。

但為什麼我會感到這麼訝異呢？是因為我這一年下來始終僅關注著「重要的事」，卻忽略掉周遭的「小事」所導致的嗎？我想我的震驚來自於潛意識的畏懼，因為如此顯而易見的改變，我卻狀況外地置若罔聞、置之不管，如同攸關生命的疾病潛伏在身體裡頭而被漏看似的嚴重，我被這樣的漩渦捲入，一時之間無話可說地雙臂撐在橋的欄杆上，望著飽滿的溪水流動著。

「可真是好久不見。」

男人向我搭話。我轉頭朝向聲音的源頭。起初我沒有認出他的模樣，但從他最上頭鈕扣打開的襯衫、稀疏的頭髮以及黑框眼鏡，便讓我想起了那位區公所的事務員，拒絕我申請訴求的男人。當然，我根本不在意那件事，或者說，我只是去碰碰運氣而已，就結果來說不是好的，就只是這樣。

「虧你還記得我。」我說。

頭髮稀疏的男人從菸盒裡抽出一根菸，點火將煙吐向灰濛濛的天空。

「不是我要自誇，但我的記憶力很好，可以記住每一個曾和我面對面辦事的人，所以才能在政府機關全面減員的時代存活下來。」

「真是羨慕。」我暗諷地說。

「你呢？現在還在希冀著補助嗎？」

「怎麼可能？打從一開始就不覺得有任何希望。」

「希望嗎？」

我雙眼直瞪著他，我不清楚他的話語裡頭有著什麼對抗性抑或是攻擊性之類的成分。

「我後來有稍微打過工一段時間，一年吧，不長。」

「也就是說，你還認為世界很危險。」

他確實記得每個人，甚至是談話內容的細節。

「現在來看已經不能算是危險的程度，而是淪喪的階段。凡事都瀕臨滅亡，不帶有光芒。」

「想必你一路走來都是讓這樣的負面情緒伴隨著你。」男人笑著說。

「你不是嗎？」我問。

「很遺憾，我也是，所以頭髮才不多，而且一事無成。」

「但你卻勇敢走出來，為生存努力？」

「我當時說的話並沒有別的意思，也非諷刺你的狀況或者間接表示我多麼優越之類的，只是就你當時的情況概括地解釋而已。」

「是噢？」我沒興趣地表示。

「起碼我不怎麼覺得現在的世界有多理想就是了。」

我沒有應答，讓沉默在我和頭髮稀薄的男人間恣意妄為。男人的菸越燒越短，他將菸捻熄，扔進一旁的公用菸灰缸裡。

「這年頭竟然還有這種玩意，不可思議對吧？」他笑著說。

「我打算想辦法離開這裡。」我沒有預警地說。我也不清楚為什麼當下我會如此將這個祕密揭露，但我覺得如果我不說出口，便無法證明我比眼前這名苟延殘喘的中年人更具往上爬的價值，起碼我是這麼篤定的。

男人沒有露出驚訝的神情，相當淡定地問：「有勇無謀嗎？還是早已經盤定好計畫了呢？」

「一半一半。」

「祝福你。」他說。「現在還不遲吧？」

我沒有特別將目光轉向頭髮稀薄的男人身上，或許我知道：我打從心底討厭他。我瞥向溪水，肯定地說：「快了，至少我快剝開包覆著這座城市的銀色鋁箔紙了。」

男人霎時間可能沒有意會到我在說什麼，空氣裡並沒有合適的接續話語被拋出。

「是嗎？如果這座城市是泡泡糖，可能是無味、難吃至極的。」男人這麼說。

我猛然回過頭來，男人的背影已經往區公所的方向越走越遠，直到消失在街道的盡頭。

夜晚，黑鳥用牠的鳥喙以相當規律的節奏敲打著落地窗。

「想不到您還在聽他們的歌曲呀？」

鳥指的是我的筆電所播放流洩出來的〈下了一場暴雪〉。

「怎麼樣？」我將落地窗完全拉開，讓鳥進來後，忽視牠的牢騷問道。

「我搞定啦。至少取得一位團員的資訊，他不是熱衷於音樂創作的核心團員，但可以算是樂團裡潤滑劑的角色。人好說話、個性也溫和，如果你稍微用心點，勢必能探出不少線索。」

「謝謝你，是哪位呢？」

我坐在沙發上，鳥則跳上小桌凳上，牠這次沒有攜帶任何文件，可能不是那麼具體，或者也非需要以文件詳列的情報，畢竟需要的情報是有關地點還有對象而已。

「您猜猜看？」鳥問。

「飛利浦？」我說。

「錯，是大預言家。」

# 四、台北的夜晚，下了一場暴雪

1

我看著鳥透過 E-mail 傳遞給我 BASS 手——大預言家的檔案。除了本人的照片外，不外乎就是一些簡單的基本資訊，並沒有紫藍的資料詳細。

「我想說若您只是要和這位團員碰面，就沒有特意地調查更深入的資料；更何況他和紫藍小姐不同，是一位單純的平凡人，沒什麼可以再去探索的要素存在。」

「你的意思是，調查紫藍的過程是被迫探索得相當深入，像是古老遺跡般令人難以自拔的程度嗎？」

「雖然非我的本意，但勉強算有觸到邊吧？」

「你們也確實和紫藍有所接觸吧？」

「原則上我們只接觸夢遊狀態的她。」

「但非夢遊下的她卻清楚你們的事，而對一年前和我相遇的記憶毫無印象。」

「夢遊的人格可能適度地釋放消息給非夢遊的人格吧？也許她們的記憶是共通的，只是紫藍小姐會下意識地將夢遊人格的記憶轉化成夢境，這樣便說得通了吧？因為您也不可能記得一年前做過什麼光怪陸離的夢，但對近期詭譎的夢境至少還能鮮明地烙印在腦海裡。」鳥說。

「確實有這個可能。」

「關於紫藍小姐的討論先這樣吧？我也還拿捏不準我能透露的範圍。但針對大預言家我能說的，便是請您務必在指定時間到資料提供的那家健身房去，健身房非會員制，只要使用悠遊卡便可以進場，很方便。大預言家會在那裡做基本的臥推跟一些我也不清楚的訓練，反正他很好認，您就趁這個機會把心中的疑惑一掃而空，然後實行您的計畫吧。這樣說可能有些踰矩，但我其實很期待您的行動。」

我從一旁冰箱裡拿出兩罐 Orion 冰啤酒放到小桌凳，啤酒和鳥排成一塊，鳥彷彿變成東南亞旅遊搜刮回來的擺飾似的。

「怎麼說？」我打開其中一罐啤酒，愉悅地問。

「其實也沒什麼原因，只是單純看著您在這座城市裡所展現出的渴望突破的意念，讓我們這些看戲的不禁望得出神。」

「意念嗎？應該頗相似的。」我想了下，或許就是類似那樣的東西吧。

「機會就擺在那裡了，看您怎麼定奪了。」

我走到陽台，將許久沒使用的露營躺椅攤開，愜意地躺在躺椅上，望著頭頂上的明月，一邊將啤酒暢飲。鳥好像說了些什麼，便逕自離去。我當下沒辦法聽進去任何話，我的腦袋裡可能不知道從哪裡攝取到不少嗎啡，導致整個人過度地放鬆，甚至可以說是癱軟地陷進躺椅裡，心曠神怡地沐浴在皎潔月光下。

我知道，我正漸漸逼近命運的分歧點，而且是有必要性地驅動著。不過我從始至終沒用到鳥給我的哨子，哨子也不知道丟去哪了。

隔天清晨，我按照鳥的指示來到名為「Less Fit」的健身房。健身房座落在緊鄰著過往車輛縱橫的大道旁巷口裡，附近有捷運站，交通還算便利。不知道是不是因為現在正處潛意識於夢境自行其是的時間帶，周遭杳無人煙，但也可能這裡一直都是這樣——自從這座城市成為泡泡糖城市的那一刻開始。

正如烏所述的那樣，只需要將悠遊卡過刷便能進場，以一分鐘一元的計時方式收費，比起月費或者年費的會員制少了點壓力，也彈性許多，但相對地可能也少了促使運動的動力還有推力。順道一提，為了在健身房不引人側目，出門前我從簡陋衣櫃的最底部翻出了皺摺的排汗衫還有運動褲。穿上身時，甚至還能聞到一股陳舊的衣櫃木質味。

過刷後，我慎重地往健身房深處前行。一走進裡頭，健身房獨有的器具味還有類似止汗劑的味道便撲鼻而來。不論哪個區域都意外地在這個時間有不少人揮汗訓練著。首先映入眼簾的是左側置物櫃區，還有右側的跑步機區，多台跑步機並排著，兩位女性正在上頭跑步。緊接著穿過幾位彪形大漢駐足的舉重區，再往裡頭走依序是訓練二、三頭肌的啞鈴放置區、鍛鍊各個部位的機械器具區。直到稍微冷清的臥推區我才停下腳步，環視周遭，找尋昨晚在 E-mail 裡記住的長相，但完全沒有看到類似的影子。

我坐在一旁的休息處，不知道目光要飄移到哪才好，於是隨興地望向一旁正使用機械式臥推器具的女性。她著緊身運動裝，身體的曲線一覽無遺，她吃力地向前將機械的手把推起，舉起設定好的重量，伴隨著急促的呼吸，胸部也一前一後地和緩晃動著。仔細一瞧，她舉的重量似乎還挺重的，我可能無法負荷那種程度。我又把目光移置到稍遠拉著三頭肌訓練機械的男人身上，著排汗上衣的他使勁地使用三頭肌拉著乘載重量的拉環，他的手臂想必是受到經年累月下持續的不懈鍛鍊，才能如此粗大。

我坐在原處不論視線怎麼飄移，就是找不到疑似大預言家的男人，難道鳥的情報有誤？錯誤的情況有兩種，一種是時間錯誤，另一種是長相錯誤。但在神祕的洛夫手下辦事的鳥應該不會出紕漏，也無法排除可能名為大預言家的樂手一早起床便感到渾身不適，跑去上廁所；或者因為什麼因素耽擱了，導致無法前來。

正當我開始有點著急時，有位男子從不起眼角落的廁所裡走了出來。我將那男子身上的特徵和照片相比對，應該就是他沒錯，這讓瀕臨絕望的我喜出望外。戴著圓框眼鏡，頂著書生中分頭，搭配上不怎麼和溫吞的臉相稱的壯碩身體，使用大預言家這個綽號在**來亂樂團**擔任 BASS 手一職的男人走到臥推區，正準備進行接下來紮實的訓練。他臉上那是洗臉的水還是汗水我也分不出來，但全身濡溼的他應該比我早一至兩個小時便在這裡展開全新的一天，非常健康而樸實。

我佯裝進行臥推，坐在大預言家平躺的臥推組旁的軟墊，刻意地看著他。一接近這個人時，他給我的氣質是意料中的溫和，沒有任何敵意或者不友善的氛圍，但是他也相當小心謹慎，不讓外人踏進他的區域，可以說是將自己置身在一個安全的領地裡頭，雖然不主動攻擊，但也不會疏忽防守。

是這樣的一個人啊，我不禁這麼想。

很快地，大預言家將一組臥推迅速地做完，他拿起水緩慢地喝，並以毛巾擦拭身體。

「嘿，你做得好快。」我無預警地向大預言家搭話。

只見大預言家瞥了我一眼，隨後表露出謙虛的笑容說：「還好吧？」

「這樣講或許有點冒犯，但只看到你的臉，實在很難聯想到你擁有如此健壯的身體。」

「噢，真的挺冒犯的。」他眼神有點飄移，並準備進行下一組臥推，無意和我繼續談話。

「你是大預言家對吧？」

我這麼一說，他的臉突然戲劇性地轉變，驚愕地看向我，或許正沒有頭緒地想著「為什麼他知道？」吧。但彷彿是要和我的預想打對台，大預言家將驚奇的表情收納起來，冷靜地問：

「你有什麼事嗎？」

「為什麼是叫大預言家呢？」

大預言家聳聳肩。「因為我會預言。」

「預言？」

「開玩笑的，只是因為我常常烏鴉嘴，而且一語成讖，所以團員們給我取了這麼一個胡鬧的暱稱，我就索性將錯就錯拿來當作樂團活動用的名字。」

「原來如此，這確實算是預言的一種嗎？」

「所以呢？你有目的地調查了我的背景，甚至特地來到我平常健身的地方來和我攀談，只是為了確認這件事？」

「不，我想問別件事。」我說。

「長話短說吧，坐在這裡聊天可是照樣計費的。」

「我想知道〈下了一場暴雪〉到底蘊含著什麼樣的故事，和革命真的有關係嗎？」

大預言家一聽，便宛如陷進泥沼中，抽動的臉孔在深思著什麼。黑色坦克背心之下的胸肌，隨著呼吸一上一下，抖動的二頭肌正反饋著不久前的飽滿訓練。

「老實說，」大預言家半晌後開口。「是不是革命我不清楚。」

「什麼？」我大惑不解地追問。

「我在樂團裡負責彈奏樂器，就這麼簡單，樂曲的創作內容方面我一概不過問。原因更簡單，我不想讓自己蹚太多渾水。並不是說玩樂團本身是灘渾水，而是我下意識地盡可能避開那背地裡如詛咒般的氛圍。如果你硬要從我口中得到答案，我只能這麼說：他們確實，不對，是可能正在策劃著什麼吧，但是他們知道我不想加入，所以在這方面默默地將我排除，當然，這也是我所願的。」

「所以我問錯人了嗎？」我說。

「應該說你問對人了，因為其他人不會告訴你的。他們的口風很緊。」大預言家說。

「你這樣說簡直就像你是叛徒一樣。」

「如果你是想加害於他們的話，我確實有可能成為老鼠屎。」

「但我沒這個意思。」我坦誠以告。

「我知道。你有某種迫切的目的之類的東西吧？我雖然沒有興趣，但至少我感覺得出來你身上散發著那種氣息，彷彿和某種硬質的東西一蓮托生似的，那種緊張的感覺正透過空氣傳播到我的毛細孔上。」

「抱歉。」我說。

「我只是比喻，根本沒那種東西。」大預言家燦爛地笑著說。

「我以為你是更嚴肅、死板的人。」

「噢？我以為我已經很嚴肅了。」大預言家收起笑容還有下巴，以略帶故意的口吻說。

「還不錯。」我點頭。

「不論真相是什麼，對我來說都不重要。」大預言家平躺回臥推器具的軟墊上。

「這倒是。」我聳肩說。

「今天晚上十二點，你去K廣播錄音室吧，地址網路上搜尋一下就有。『E』會在那裡等你。」

「他為什麼會在那裡等我呢？」我不明白地問。

「我不是說過嗎？我是大預言家，我會預言。」

「原來如此。」我低頭自忖。

「還有什麼事嗎？」

「你為什麼不參與其中呢？你不也在同一條船上嗎？實質上的一蓮托生。」

「正因為我感受到危險，才一隻腳在裡面，另一隻腳在外面，哪邊有危險，我就抽離哪邊。」

「萬一你的選擇錯誤了呢？」

「那就自己承擔啊，這不是明擺著嗎？」

大預言家擅自將話題劃下句點，雖然我也無意再繼續話題就是了。大預言家透過臥推器具的聲音以及輕微出力的呻吟聲，襯托出結尾。彷彿我的出現如一場夢境般虛幻，一切都如沒發生似地回歸正常之中。

我默默地離開「Less Fit」，或許出場得太快，臨走前櫃檯人員還以詫異的眼光注視我，我回以一個尷尬的笑容旋即快步離去。

今天晚上十二點嗎？我在心中默默倒數。現在是早上七點半左右，還有十六個小時又三十分鐘的時間。

## 2

回到家後，我打開筆電，不僅搜尋K廣播錄音室的資訊，同時在網路資訊海中瀏覽著更多**來亂樂團**的情報——縱使這一兩個月我幾乎天天都在調查。嚴格來說，我應該不算是他們的粉絲，我不夠格。我是帶有目的性地聽他們的歌曲，我將那股對這封閉世界反撲的氣焰寄託在他們身上，就像是看戲的鳥那樣，我也是以近乎局外人的角度去觀賞這齣名為隱藏革命的戲劇。因此，我根本沒有資格自稱粉絲。不過音樂是會沉迷的，即使**來亂樂團**的歌曲多為吵雜的搖滾流行樂，久而久之我卻越聽越深陷在這碰撞激烈的樂團編制裡頭。我開始聽他們其他的歌曲，試圖去分析除了〈下了一場暴雪〉外的歌詞含義，可惜我依然無法從裡頭找尋出明確的號角。

在現在唱片產業如此貧弱的背景下，銷售量肯定是寥寥無幾，所以唱片行的網站也勢必無法確認這些發行的數字。聽說**來亂樂團**的首張同名EP發行量不到一千張（不過聽說都售罄了），但〈下了一場暴雪〉的點閱率卻慢慢地來到三萬大關。除了電台廣播節目的加持外，沸沸揚揚的「革命」傳聞肯定也是讓這首歌迅速傳遞的催化劑。

到底有沒有所謂的革命呢？就連樂團的（邊緣）團員也不清楚的狀況下，外人當然只能任意猜測，然後使雪球越滾越大。所謂的次文化令人畏懼的地方就在這裡，總是在少部分族群裡頭的人心中萌芽，再以預料外的猛烈速度竄起，讓野火焚燒，裊起既灰又白的輕煙。如果真的到了那個地步，這座城市又會變得如何呢？我不禁想親眼見證那副光景，可惜沒辦法。今晚就必須要有動作了，必須如此才行。

傍晚，我外出前往鄰近的超市買了點冷凍牛排，挑了瓶法國品牌的紅酒，一到家便開火烹飪。首先在煎鍋上抹上奶油，等牛肉解凍後放上煎鍋，兩面各煎個一分鐘，此時便已經香氣四溢；緊接著關火，把鍋裡的油用小湯匙撈起來，淋在牛肉上，再讓牛肉移置在鐵盤上等候個一分鐘左右，除了瀝油外，也讓牛肉的溫度裡外均衡，肉汁確實分布在肉裡頭；最後簡單地撒上香料，打開紅酒封口的軟木塞，倒出紅酒，作業準備完畢。

好了，這樣就對了。我不是什麼大廚，但至少這完美的一頓飯，很適合作為結束的晚餐。我把躺椅從陽台搬了進來，舒服地躺在上頭望向窗外的夕暮餘暉，火紅的晚霞正映照著白晝的終結；星空正黯淡於白日裡頭，正等著薄暮之際，躍上黑暗，包覆大地。

「這樣就對了。」我喃喃說出口。

我也是預言家嗎？為什麼我會如此篤定過了今晚，一切都將有個嶄新的開端呢？這實在沒有邏輯了，可是卻讓我深信不疑，而我也被那股衝勁駕馭著，像是不止息的列車，奔向終點。

手機突然鈴聲作響，我嚇了一跳，接起電話。是未知來電，這讓我猶豫了一下，卻仍接起。

「喂？」我試探性地詢問。

「是我。」女性的聲音傳了過來，我很快便認出是紫藍。

「嚇我一跳，妳怎麼會打過來呢？」我問。

「噢，沒為什麼，就只是有點無聊，不行嗎？」

「只是有點無聊？」

「好啦，我好奇你究竟決定好了沒有，對你來說將影響這世界的重大決定。」

「我想差不多了。」我說。

「還有什麼程序沒達成嗎？」

「是啊，還有一件不得不做的事。」

「是什麼？」

「去見**來亂樂團**的主唱『E』。」

另一頭的紫藍陷入難以置信的沉默似的，沒有發出任何聲音，甚至連鼻息都被隱蔽。

「喂？」我問。

「嘿，可以告訴我是什麼緣由嗎？」

「我覺得這首歌不對勁。」

「你是指〈下了一場暴雪〉？」

「對。」

「為什麼呢？」紫藍問。

「不知道，或許裡頭真的有如妳說的革命因子存在吧，不過我卻覺得是某種很類似於我身體內的某些組成成分的存在般的東西，在那首歌裡。」

「你這樣講，感覺有點像是這首歌讓你感同身受的意思對吧？」

「應該是吧？」

「幹嘛繞那麼大的圈子，還講得這麼文謅謅。」

「有嗎？我覺得我只是使用最準確的用詞而已。」我無奈地解釋。

「最準確嗎？我感受不出來。」紫藍的口吻可以說是嫌棄。

「因為是在我的身體裡。」我嚴正地說。

「但你說過我們很相似。」

「那明明是夢遊時的妳說的。」

「對耶。真是個麻煩的人格。」

「但也快到和她分離的時刻了吧。」

「是呀，真是期待呢。」紫藍語氣上揚地說。「但前提是得依據你的行動來決定。」

「鬧劇總該結束了。」我說。

「啊，對了，既然如此，有一件事我想拜託你。」

「既然如此？」我問。

「請幫我要『E』的簽名，你最好去買個簽名板。」紫藍殷殷期盼地對我許願。

## 3

永遠在懊悔　卻又不向前
沾粉的雪花　飄到誰指尖
手錶的時間　停止在那年

越是焦急，便越是覺得時間過得緩慢。我躺在床上等候著接近半夜十二點的到來，K廣播錄音室距離我家三站捷運站的路程，甚至用跑的大概也僅需花費二十分鐘左右就能抵達，不算太遙遠。廣播錄音室，簡單來說應該就是廣播電台吧？今晚**來亂樂團**要錄電台節目嗎？如果是的話，電台可謂適合散播想法以及念頭的最佳途徑，難道過了今晚，革命的種子將於城市各個角落朵朵開花嗎？那麼一到明天，我將置身於猛烈戰火間，抑或是潛逃至安全的所在呢？可是，又是否會有安全的地方呢？廣播之所以強悍，便在於它不受邊境防衛部的管轄，也就是說，這世界的人們能互通有無的管道就是乘著網路，率性地散布或是主動接受資訊，這確實將會是**來亂樂團**的武器，如果他們真的有打算進行「革命」的話。

紫藍等候著，當然我也是。洛夫和鳥肯定是事不關己地緊盯著觀戲。大預言家呢？我感受不到他的情緒，他究竟是打算和團員們共患難同度生死，還是隔岸觀火？他的雙眼裡沒有任何波動漣漪，似乎正如他說的，各站一邊，等候著良機。

我調查著K廣播錄音室的播放時間表，沒有任何有關**來亂樂團**的節目預定播放。

晚上十點半。胡思亂想到一個程度就會覺得煩躁，於是索性打開收音機聆聽廣播。查了K廣播錄音室的節目今晚會在哪組頻道播放，我不常聽廣播節目，因此操作起來覺得些許窒礙難行。將CD播放器的收音機頻道旋鈕轉呀轉，像在監聽般仔細地聆聽節目內容，並一邊確立著頻道，這年代聽著收音機的人還有多少呢？

還有多少人坐在書桌前，聽著破爛的收音機裡流洩出電台錄製的節目，苦苦期盼能聽到自己喜歡的歌曲，還是哪首即將觸動自身靈魂的曲子具衝擊性地被揭露呢？這樣的期待感我想曾是有的，但不知道是多久以前的事了（當然也可能現在仍依舊，只是我孤陋寡聞），總之不再映照至現在的我身上。說到底，自己這幾年到底度過了什麼樣的日子呢？更正，這個世界這幾年究竟度過了什麼樣的光陰呢？任憑無道理的規範限制著，任憑不再往前的城市故步自封；我們依循著生存的指引前進，殊不知盡頭將會是迎向滅亡的甬道。

「那麼，我們接下來歡迎最近在串流平台上造成不少討論度的音樂組合——**來亂**

**樂團！**」收音機裡的主持人以平穩的音調、溫柔的嗓音這麼介紹著。我趕緊將雙耳豎起，專注聽著播放著K廣播錄音室錄製的節目。這讓我詫異莫名，因為節目表本身沒有這樣的預定。

「大家好，我們是**來亂樂團**。」男人獨自道出節目的開場介紹。聽聲音我第一時間無法辨別是誰。

「這算是你們第一次上節目對嗎？要不要一一介紹每位團員呢？」

「好啊，不然有點緊張，實在不知道該怎麼開頭。」一開始的男人說。隨後整個錄音室傳出一群男人笑開懷的聲音，唯一的女聲是電台主持人吧。「我是主唱『E』。」

「我是吉他手飛利浦。」

「Hi！我是Hiro。」

「我是憲哥。」

團員們依序介紹著自己，一開始說話的男人是主唱「E」，也就是樂團的核心創作人物。

「今天似乎少一個人對嗎？」主持人詢問。

「是的，BASS 手大預言家他比較低調，雖然廣播節目理應不會露臉，但他還是不希望出現在公眾場合，不過我也不確定這算不算公眾場合就是了。」

「算吧？」其中一位團員說，但我已經忘記是誰的聲音了。

「他只是比較懶啦。」很快地，笑聲又傳了出來，聽起來錄音室的氣氛很歡樂。

「其實主持人剛才介紹我們是音樂組合，聽起來還滿……該怎麼說呢？音樂組合這個詞彙聽起來非常有深度。」

「確實。」嗓音比較粗獷、低沉的男聲應該就是 Hiro。「如果是說『造成不少討論度的樂團——**來亂樂團！**』，反而有種『樂團』這個詞重複太多了的感覺吧？」

「看來 Hiro 有聽出我介紹的翹楚呢。」女主持人語氣愉悅地應答。

「沒有，他絕對只是強迫症而已，不帶有任何技術性。」我努力地分辨著聲音究竟是飛利浦還是憲哥。後來發現是飛利浦的聲音，他的聲音比較有磁性；憲哥的聲音則比較扁平、尖銳。

接下來主持人開始和團員們聊起喜歡的樂手、歌曲，從台灣到世界，鉅細靡遺地暢聊。之後話題來到表演本身，從團員們演出前的習慣，到表演完通常會去的居酒屋，以及飲酒完人仰馬翻的慘況。Hiro和飛利浦一齊透露「E」的酒量很差，其嘔吐的影片至今都還留著。而到這部分，主持人接著問：

「聽起來團員間的感情還不錯，能這樣互相虧彼此。你們一起組團多久了呢？」

「從大學開始吧？大概快十年了。」主唱「E」說。

「十年間一直持續著樂團活動嗎？」

「是的，不間斷地創作音樂是一件很痛快的事。當然不可能只靠樂團活動討飯吃，我們都有其他兼職或事業。無法說是一帆風順，但至少很有默契地一路到現在。」飛利浦說。

「不過近幾年比較辛苦，因為表演的地點僅限在台北市，而且世界死氣沉沉的，會開始讓人懷疑音樂的存在是否有必要性。」主唱「E」話鋒一轉，把世人的疑問還有痛處順暢地拋出。

「但你們還是靠著〈下了一場暴雪〉闖出知名度不是嗎？目前串流平台的點閱率也來到十萬了。」主持人也很有技巧地切中主題核心。

等一下，十萬？明明不久前我看還是三萬而已。我趕緊打開手機查看串流平台的點閱率：104,655。

要命，真的突破十萬大關了。究竟是怎麼回事？這一口氣好比過前高的上漲股的暴漲速度，著實讓我吃驚不已。

革命的力量確實在延燒。這樣的想法再次湧上心頭。

「這件事我們每個人都深感意外，完全不知道擴散速度為什麼可以這麼有勢頭。」主唱「E」說。

「我就直接切入問題了，網路上熱烈地討論〈下了一場暴雪〉這首歌裡頭掩藏著革命的含義在，你們怎麼看？」主持人鄭重其事地問。突然間空氣被凝結似的，空曠曠的靜謐沒有徵兆地填滿錄音室，彷彿整個宇宙那深不可測的浩瀚被移置到每台收音機的另一頭。

「網路上的討論我們或多或少都略知一二，妳要說正確我也無法反駁。」

「E」說。

「你的意思是你承認了嗎？」主持人打斷「E」的話，興趣濃厚地問。

「這件事沒什麼吧？我們要反抗的不是人，而是這逐漸冷漠的世界。這是一個意識上的對抗，並非我們有什麼令人瞠目結舌的流血衝突計畫之類的，我們都是文弱的男性，不是什麼魁武大漢，沒辦法去以力量進行鬥爭，所以我們透過意識上的整合，讓和我們志同道合的同志們一齊舉起手中的武器，說武器好像太過尖銳，應該說手中的底氣、勇氣之類的東西，大聲地拒絕阻擋著我們自由的聳立高牆，這是我們近期懷抱的精神。要批評我們、辱罵我們都隨意，但這面大牆已經妨礙了我們的自由意志，說什麼都沒辦法認同，不是嗎？」

我關起CD播放器，準備出門。

我想我終於尋覓到我一直感受到的異樣之處了。從「E」的話語裡，我確鑿了這件事——他們並沒有革命的初衷，只是純粹地搭上這波浪潮，也確實地引起卓越的效果。

現在是晚上十一點十分，時間還很充裕。但我沒辦法悠哉地散步，不自覺地跑了起來，奔向捷運站。

我一定要親眼見到「E」，親口告訴他一件事。

十二月的夜晚冷風直襲。也許我終於找到一直以來哽在心中的疑問解答，正感到渾身發熱、亢奮不已，所以一出門後沒特別意識到氣溫，但一段時間過去後發覺溫度似乎異常地低。我打開手機確認氣溫，竟然是三度，這是什麼情況？沒特別多加一件羽絨外套實在是失算，不過已經跑了一段路程了，所以也不打算折返。

接下來發生的事我敢肯定我一輩子都不會遺忘。

天空飄下了陣陣細雪。

這是我人生第一次見到雪。我起初還以為是夜晚視線不佳的緣故，才會把雨水當成雪。不過冷靜過後才了解到——這是貨真價實的雪。

透過這冰寒的末端，我終於認知到事態的嚴重性，這絕對是革命之火燃燒前的預兆，我又著急地加快了速度。我下意識地忽略捷運站繼續奔跑，我打算直接在外頭一邊沐浴在雪水之中，一邊直奔目的地——K廣播錄音室。縱使這雪下得相當不吉利，但畢竟是新鮮的初體驗，使得我心甘情願地暴露在雪天下，而且是相當享受著這逼近零度的低溫，體感溫度應該也正逐漸地下降中。

在經歷過一年多前那場下了兩個多月的雨後，如今台北市區內下起這場雪，我也不怎麼意外了。嘿，鳥，看來你的判斷錯誤了，台北確實會下雪的，原因是否和氣候異常有關係我不清楚，總之，下雪啦。也許再過一小時後，會如同**來亂樂團**唱的那樣——下一場暴雪。不過就算再怎麼對這雪感到新奇，我也不希望遭遇迎面撲來的暴雪。

還在街上的人呆愣著見證這一幕，有的人驚喜地大喊，有的人則不敢置信地抱著頭，一臉世界末日的模樣。確實，現在的人們一定有某種症候群，我們姑且稱之為「泡泡糖城市症候群」好了。畏懼著逐漸被限縮，逐漸被吞噬的城市，一旦有劇烈的改變便可能誤以為世界即將終結的恐慌症。也許真的要終結了吧？只是即將走向末路的會是泡泡糖裡頭的僵固空氣。

我想土岐麻子所歌頌的應該是充滿著理想藍圖，甜蜜又刺激的東京，而絕對不是台北這副頹喪的模樣。

明日這座城市會落入誰的手中呢？我知道不會是那些只顧著逃避的混帳，而是積極地挑戰著現有禁令的革命志士們的。

我是其中一員嗎？正計劃逃出這座城市的我，同時也確實正突破限制，我到底是屬於哪一邊呢？還是我和大預言家一樣，一腳踏在左邊，另一腳踏在右邊，立場不定地恣意搖擺，隨著情勢靜觀其變呢？

夜半台北市的深黑巷子裡被一股難以名狀的恐懼感震懾著，頹靡城市的最後一章，將從K廣播錄音室展開，說起來真是一點戲劇性都沒有。

我難掩疲態，發出陣陣喘息聲，太過於乾冷的氣溫讓我的喉嚨變得枯乾，甚至有點喘不過氣，乾咳了幾下。抬起頭，有位男子佇立在斗大的招牌前，好像正在等著誰。他一臉無所事事地看著撒著雪花的滿片星空，好像正奢求從裡頭降臨著希望，又好像在端倪著星座還有星盤，觀察著是否有合相或衝突相。

我們的內心，下了一場暴雪

「在等人嗎？」我走向前問。

「我沒有特別在等誰。」聽聲音我便認出是主唱「E」。
我和他面面相覷，互相等著誰先開口。
「明天開始，世界就不一樣了吧？」半晌後我打破沉默。
「沒錯。」
「但你有什麼把握嗎？」
「完全沒有，只是我能感受到某種流動性的物質已經凝固了，並且正逐步強化著態勢。」
「〈下了一場暴雪〉這首歌，和革命八竿子打不著，你只是讓後方湧上來的浪推動著，順勢地乘了上去而已對吧？」
「E」用眼神打量著我，坦然地說：
「反正就結果來說是理想的就好，不是嗎？」
整條街都被皚皚白雪被覆蓋著，真是難得一見的光景。不思議的氛圍遍布著每一處，一股接近聖誕節的節慶氛圍也隨之膨脹起來。
「真是難以相信，台北市會下雪。」

「預言家的威力可真是不容小覷。」我看向「E」，意有所指地說。

「不是我要邀功，但這首歌的歌詞全是我寫的。我可不是想證明我是什麼預言家，但或許冥冥之中都會有相對應的解答吧？」

「還沒有應證。」我說。

「什麼？」「E」露出不解的樣子。

「還沒下一場暴雪，等下了再自吹自擂可不遲。」

「E」不經意地笑了出來。「一定會下的，這將是革命的第一步。」

「那我得趕緊回家，逃離這裡，我可不想被暴雪纏身。」

「沒辦法的，就像我們唱的那樣。」

「我們的內心，下了一場暴雪。」我說。

「沒錯，無情的暴雪是從心裡開始捲起，越漸蔓延開來，最終成了雪之國。」

「成了雪之國又會如何呢？」我問。

「不會如何，只是沒有溫度的世界，是相當悲哀的。要不要喝啤酒，我請你。」

「恭敬不如從命。」

「什麼年代的人啊？」

「E」率先邁開步子，我緊跟在後。每踏一步，地面上的髒雪和鞋子間的摩擦聲便低沉作響，縱使不特別留意，那規律卻又魔性的聲音實在是難以忽視，宛如魔鬼誘惑的邪惡聲響將靈魂吸入似地放送著。果然有關雪的一切實在太令人著迷。

「網路是很可怕的。」主唱「E」說。「現在打開社群平台，肯定都是雪的相片吧？」

「大家會這麼興奮嗎？」我以質疑的口氣說。「平常都如行屍走肉般頹廢了，會因為這冰冰涼涼的雪花而有所改變嗎？」

「E」停下腳步。「正因為日常是如此的鬱悶，你不覺得這點雪就足以成為撼動這世界命脈的關鍵嗎？」

「難道是你讓天空下雪的嗎？**來亂樂團**不是還有另一首歌也有提到雪？跨年那首。你很喜歡雪對吧？」

「我以為〈下了一場暴雪〉外的歌曲你不會有興趣呢。」

「你怎麼會那麼想？」我問。

「沒事，我多心了。更何況我是個連讓樂團大紅大紫都做不到的人，怎麼可能浮誇到讓布滿灰塵的天空落下皚皚白雪呢？正如同你說的，我是順勢地乘著猛烈的浪，一路到這裡的呀。」

「如果光只是憑藉運氣，就讓這百年，不，可能是千年來都前所未見的光景降臨的話，說奇蹟都嫌貶低，根本是神蹟了吧？」

「那是你所站的立場不同。我並不需要這場雪，也能讓意識和效應如火如荼地擴展，但果然這場雪還是不可避免，如果能更快解決，又何樂而不為呢？」

「E」走進便利商店，掏出兩手雪山啤酒。「抱歉啊，我的預算只買得起這個。」

「這個就可以了。」

我和「E」在雪花飄不太進來的騎樓下席地而坐，剛好的角度能看見雪花亂竄間的彎曲明月。

「但很可惜。」我將一旁些微的雪拍掉後，清脆地打開罐裝冰涼啤酒，雖然很冷，我還是痛快地喝了第一口。「我真的沒辦法親眼見證。」一路上都狂奔著，還能靠熱量維持體溫，但一旦停下步伐，便覺得寒冷無比，渾身打顫。

「又有什麼關係？沒人說一定要親自盡收眼底吧？只要活在當下，便是參與其中。」

只要活在當下，便是參與其中。我默默地咀嚼著這段話，隨後說：

「革命會由你們著手開第一槍嗎？」

「E」搖搖頭說：「沒有這個必要，我們已經做了該做的事了。我們煽風點火，讓火種紮實地點燃，熱烈焚燒著；這場雪可能是警告的狼煙，警告那群貪婪的混蛋。」

「我們真的有所謂敵人形式的存在嗎？」我問。

「你的意思是我們是否在對抗像是象徵抑或是觀念上的敵意之類的東西嗎？」

「因為你提到貪婪的混蛋，所以我才好奇對你們來說，敵人究竟是誰。」

「E」爽快地將第一罐啤酒一飲而盡，滿足地將鐵罐捏爛，扔至一旁。「確實，從外人看來這是一場意識形態上的革命，即使沒有敵人也是合理至極的。」

我看向「E」，「E」則仰望白雪紛飛的乳白色夜空，彷彿從便利商店裡的冷凍庫擴散出來似的，纏繞著低溫的白霧理所當然地肆虐著街頭。接下來「E」說的話極接近理性邊緣的歇斯底里瘋子，他露出詭譎的笑容對我說：

「但實際上，我們所面對的敵人是所有人，所有人都在我們的殺戮名單裡。」

「所有人？」

「當然不是指真的殺死誰，只是這座城市、這個世界會變成這樣，除了外力因素外，人們的頹廢、沮喪，還有放棄的心態，皆是造成這個局面的幫兇，你不覺得嗎？就像是股市裡知識不足，無法對抗情緒的投資人所造成接連幾天的賣壓以及跌停一樣。所以如果你要我拱出一個所謂的敵人的話，我想，『所有人』再適合不過了。」

「『所有人』嗎？」我重複著。

「是噢，正是這樣呢。」

我站起身，拍去沾黏在褲子臀部的雪。將飲盡的啤酒灌輕放置地上。顫抖仍未止息。

「失望了嗎？我是指如果你曾對我們所做的事曾感受過美好形象的話。」

「這倒還好。」我說。「我本來就不認為你們是純粹的善類，這種人本來就不存在吧？」

「Ｅ」一聽便收起那瘋癲的笑容，轉而擺出收斂、謙虛的微笑，視線瞥向遠方白銀街景裡。「但是，」他注意到我有下句，便轉過頭，專注地看向我。「我果然覺得你們不適合搞革命這件事，太過於矯情了，不覺得嗎？」

「是嗎？」「Ｅ」搖搖頭。「那我們沒插手真是太好了，就讓子彈飛吧。我們確實不適合這種勞心算計的事，沒那個頭腦。」

「但至少火點燃了。」

「是呀，雖然現在冷得要命，但是火燃燒起來了，這至關重要。」

確實冷得要命，只穿一件薄外套的我，直發抖著。但是有一件事，我勢必要親口和「Ｅ」確認，那無疑是一道冷箭，穿破了理想的殘骸，直挺挺地橫越這座城市；穿破了歌曲間的旋律，也震碎了樂手們間的默契；讓一位或許優柔寡斷的女孩，分隔出兩個靈魂，最後釋放出多條鎖鏈，禁錮住這座城市，讓泡泡糖的鋁箔紙無法被撕開，無法確認是甜蜜還是刺激的口味，最終封閉成沒有希望的城市。這道冷箭和我先前所提及的「異樣感」有關聯，也是讓這場鬧劇展開的關鍵吧？

「這首歌的故事，是某人告訴你的對吧？不是你自身的經驗。」

「E」像是早就知道我會這麼問似地，簡潔明快地答覆。「歌者的故事本來就並非都是自己的，就像有人說過，小說家創作的過程是拾荒，我們只是擷取他人存在的片段，去營造出和自己無關的燦爛罷了。」

「他是怎麼想的？」我激動地欲從「E」口中套出更多有關「他」的事。

「你自己去問他不就知道了？煩死了，我想一個人喝酒。」

「E」指向我後方，我冷不防地轉過頭，「他」就站在錄音室門口，手插著口袋直走到我面前。

是A，A就站在K錄音室前。

「嗨。」A說。

「果然是你。」我胸有成足地說。

這正是我口中的異樣感。

「去面對你的荒唐吧。我要好好迎接這座城市的末日。」「E」說。

「等一下。」我大喊。

「怎麼了啦？」「E」不耐地轉過頭問。

「那個，可以幫我簽名嗎？」

## 4

A，不用說只是一個代稱，實際上沒有人這樣稱呼過他，我們前面的對談都只是以代稱取代人名，意義在哪呢？我想是因為我沒有想到還會再見到他吧。A的本名是山威，和我一起度過大半高中青春的男人。因為C的自爆，讓他承受不了校園內排山倒來而來的壓力，進而休學躲避風聲，進入自我沉澱。多年過去，他的面容和當年相比多了絲成熟的韻味，我們都還不到三十歲，要說老成還不至於；雖然他一個字都還沒有說，但總覺得他的談吐也變得伶俐不少。皮膚更加黝黑，身材也揮別過往的單薄，厚實且壯碩。雙眼奪目，彷彿正見證著偉大過程般，無所畏懼地任風雪吹淋。

「你很喜歡他們？我說**來亂樂團**。」

「他們的歌不錯，但我是幫我朋友要簽名的。話說你怎麼會從錄音室裡出來呢？

難道你是其中一位團員嗎？」

「不是，我單純是『E』的朋友，偶爾會來看他們錄音，順便幫幫忙、打點雜。」

「原來如此，難怪我沒有從電台節目裡聽到你的聲音。」

「你連電台節目都有收聽呢，你確定那不是為你自己所要的簽名嗎？你可是拿出兩張簽名板。」

我搖頭揮手笑著說：「你誤會了。」

A聳肩，一副真相如何都無所謂的樣子。「那首歌的故事是我告訴『E』的。很合理吧？我們的內心，都下過一場暴雪。」

「換個地方談怎麼樣？」我說。「我快冷死了。」

夜晚靜謐的道路上，獨留我和A邁著步子、鞋子踏進積雪裡的聲音。我們沿著一間又一間緊閉鐵門的店家，朝著附近全年無休的速食店邁進。一路上A欲言又止的樣子讓我看得很煩躁。

「想說什麼就說吧。」我說。

「我在想要從何說起。」A冷冷地說。

「不如先從C說起吧？」我說。「十之八九和她有關對吧？」

「也和你有關。」

我不發一語。

我們兩人的呼吸聲在雪夜下形成妙趣橫生的對比，我的很急促；A的則很平穩。

「這段期間過得還好嗎？」我話鋒一轉，視線仍游移在積雪的骯髒地面。彷彿是沒有暖身好就被推上投手丘的後援投手般，這座城市顯然正慌亂著。

我的問題如丟進湖裡的水般，過了一段時間，才慢慢地泛起細微而波動的漣漪。

「喂，別轉移話題。」A鄭重地說。

「我有什麼辦法？」

「我過得還可以。休學後過得可輕鬆了，整天無憂無慮。隨便考上一所私立大學，愜意地畢業，再稍微認真一點就職，就一直到現在了。不過我想小宇就不是這樣了吧？」

小宇是B的暱稱，我和A基本上都這樣稱呼他。

「我不知道，你和他的事，該怎麼說呢……」

「毫不在意？」

「也不能這麼說。但我確實沒特別打聽。」

「是嗎？那是因為你一點罪惡感都沒有的緣故吧？我可是沒有一天不被那潛藏在影子裡的惡夢纏身。它就像空氣裡的魅影，無時無刻竄過一角，再怎麼無畏地東捕西捉，倒頭來都是一場空，因為困擾著我的是一團肉眼也捉模不透的黑暗，像從混沌中誕生的漆層層塗抹似的黑噢。」

「罪惡感嗎？我也有嗎？」

「真是一點都不誠懇的問句。」A坦然說道。

「所以小宇後來怎麼樣了？照你的說法你應該一直都有留意吧？」

A沒有回答。雪的聲音皺成一團，感覺不時化開，不時凍結，沒有規律的型態轉變，像極了人心。

「若就他的學涯還有職涯發展來說，可說是一帆風順；然而因為高中時的那起事件，似乎讓他的靈魂已經不常駐在他的身軀裡，彷彿是一具空殼，單純的機器。」

「有這麼誇張嗎？」我問。

「或許有點浮誇，」A聳聳肩。「他並非不善交際，從他仍有不少朋友這點便可略知一二，但轉述他大學朋友的說法，他的話語裡總保留著點到為止的水位，不輕易越線也不敞開心扉，你覺得這都和高中那件事無關嗎？」

「要說無關是絕對不可能的。」

「沒錯。我們都犯了錯，導致讓他越漸沉淪，不論是你，還是我，都沒有及時拉住他，而且甚至狠狠地放開手。」

A停下腳步。我望向他。我將口中的氣和緩地吐出，乾冷而透白的霧氣於空中冉冉而升，一直到觸摸星星為止，薄霧都不會散去。

「你沒有拉住他，沒有拉住小宇，如果說是我將他推下懸崖，那你則是在一旁冷眼旁觀的。」

我默默地聽著A說。一陣冷風竄過腳底，全身不禁起了雞皮疙瘩。

「我說得沒錯吧？」

「看似不太精確，卻又沒有什麼好挑剔的，雖然由你說出口沒什麼說服力就是了。」

「這不就是你恨不了我和C的原因嗎？因為你和我們站在同一邊。」

「C那個大嘴巴。」我凝視著周遭，輕輕地倚靠在電線桿上。

「她在某個準備學測的夜晚校園向我傾訴的，浪漫吧？」A笑著說。

「傾訴嗎？」我無奈地對著A傻笑。

「我想想，小宇喜歡上希（C），大概快兩年吧？」

「從高一下學期開始。」我努力地撬開腦海裡的記憶，如今高中校園的青春已化作模糊的剪影，僅能選擇性地片段播放。而那些段落，早在多年以前便宛如沒有反應的機械般默默地死去。

「他肯定沒想到那個時候你和希在交往，甚至還佯裝不知道她家在哪，一起跟蹤希。」A說。

「她要求我保密，我們承諾過彼此都不能洩漏這個祕密。」我坦承。「不過老實說，我是真的不知道她家在哪。其實我和她交往也不過三個月的時間，說不定更短，對她根本不甚了解。若那一天沒有和你們一起跟蹤她，我說不定都不知道她那個時候其實很孤獨，很想宣洩什麼。她打從一開始對我就沒有任何情愛，只是想從我身上確認有沒有她正在尋找的東西。」

「結果她自己一年後就毀約了。」A輕輕笑著。

「或許因為有這個必要性吧。她有太多的祕密，甚至她最後帶著某些可能我們都不知情的真相離開。」

A從菸盒抽出一根菸，於雪夜中點起明亮的火光。菸點起後，一縷灰濛濛的煙就這麼混入雪白霧氣中，像被某種硬性的強勢吞沒，雪夜中不時能瞥見煙的殘渣般的灰色。A緩緩吐出煙，我和他站在冰冷冷的街道正中央，互相打量著彼此。黑夜中的火光斷斷續續閃爍著，A把越多乾冷的空氣吸進肺裡，光就會縮小；A將嘴裡的煙吐出則反之，就這樣重複了好幾次。伴隨著菸臭味，「雪是什麼味道呢？」的莫名想法也不自覺地流入我腦裡。

雪勢加大了，正如「E」所期待的那樣，或許暴雪將是遲早的。

「喂，你有沒有想過，希其實有把所有祕密都道出呢？只是對象不是你。」

「你是指她都對你全盤托出了嗎？」我問。

「不是我。」

「你是指對小宇嗎？」

A點頭。「應該是在畢業後，也可能在畢業前，時間點我不清楚，但應該能說的都說了。你、我，還有希她自己的所有，包含她那崩裂、渴望救贖的心。」

「渴望救贖的……心？」

「抱歉，原諒我。」

我還沒理解這句話的涵義，A的拳頭就這麼硬生生地朝我的左臉頰揮了下去，尚未意識是什麼情況的我，臉部承受著他所施加的強勁力道，整個人踉蹌地撲向地面的凍土。迎面而來的刺激感太過於壓倒性，甚至讓我瞬間感受不到雪的冰寒。

啊，我好像在那一刻懂A想表達的意思了。

「我剛才道歉過了。」A說。

「我有聽到，我接受。」我依舊躺在雪面上說，雪正一步步浸淫我的外套。

「不起來嗎？會感冒噢。」

「現在才說應該來不及了吧？就讓我在地上反省一下吧。」

A的拳頭沒有恨意或者惡意，是相當直截、純粹的一擊，而且痛得要命。我從地上的低角度去仰望他直視著我的臉孔，並聆聽著他的聲音，從裡頭我感受不到憤怒，反而從他身上散發出來的是悔恨還有歉意。

這時候下這場雪真是恰到好處，我由衷這麼想。

「痛快淋漓，等等換你揍我吧。」A說。「雖然連亡羊補牢的程度都稱不上，但至少讓那糾結的心能舒暢點又何妨？」

我確切感受著左臉頰的腫痛。「對十年沒見的好友竟然是先揍一拳啊。」

「好友才不會十年之間一次都不見。」

「真抱歉，我那時候應該主動聯繫你的，但我做不到，不論是誰，我都無法鼓起勇氣。」我嘆了口氣之後說。

「是啊，作為懲罰我揍你一拳了。可是我和你一樣沒有那個勇氣，所以等一下記得豪爽地朝我的臉揍下去。」A叼著菸，裝著冷酷的模樣說。

我沒辦法接受自己或多或少以戲弄的心態對待死黨的真心感情，縱使A和希所引發的事件和我無關，但內心裡關於我的「祕密」遲早會被B得知的恐懼，讓我對B，也就是對小宇漸漸冷漠；對呀，明明他在無盡痛苦的當下，我勢必是能硬闖進去拯救他，伸出手把他拖出那個黑暗，我是可以這樣做的，可是我的恐懼膨脹了，讓我無形中漠視了這件事，甚至對小宇所處身的黑暗置若罔聞，彷彿是對他人的閒事指責般，在一旁隔岸觀火、幸災樂禍。

「她希望能夠找到真正能夠救贖她的人。」A說。

「我知道。」

「但到底是要拯救她的什麼呢？」

「不知道。」

A沉默著，然後像是突然想到般開口：

「雖然這樣的形式是否稱為正常我不清楚，不對，多半是不正常吧？但希確實想從我和你之間探詢到一丁點的『能夠拯救她的要素』。」

「但我們都沒有。」我說。

「我猜小宇或許有著我們身上所沒有的東西，希很清楚，只是為時已晚。在你不願意面對的那段時光裡，他們有過什麼樣的情愫我不清楚，但最後肯定不盡理想，否則就不會發生那件事了。」

A在我身旁席地而坐。「我知道你們一起去福隆的事。」

「噢？你們後來還有聯絡嗎？」

「就在她自殺的前一個星期，她打電話給我。我的電話一直都沒變，不知道她是不是死馬當活馬醫才撥下那通電話的，總之我是接了。我們約在一間咖啡店聊著過往，還有她自己的事，縱然不全是好事，但也說不上是命運多舛，只是隻字片言中我能清楚她依然沒有被救贖，但這不是誰的錯。小宇也好，我也好，甚至你，大家的心都被攪得一團亂，始終都是缺損的，一路到現在。就結果來說，我們都選擇錯了，都不具有正確的眼光。希選錯了救贖自己的方式，我選錯了和希的交往關係，小宇選錯了死黨，你則在拯救與不拯救間選錯了。」

「聽起來我最嚴重。」我笑著說。掛在夜空中的彎月白白亮亮的。

「誰知道呢？這充其量只是我的想法，可是對於選擇，是否又有所謂的『正確』或『錯誤』呢？選擇了死亡的希難道是錯的嗎？或許對她來說，這才是正解。」

「你這十年來難道每天都在這樣的思辨中度過嗎？」

「也不盡然，只是那種情感確實揮之不去。但這也是我的選擇啊，你選擇視而不見，我選擇硬逼著自己將一切盡收眼底，自以為是地稱作贖罪，終究，誰都說不準這世界的一切呀。」A撇過頭說。

「然後，明天就會革命了。」我說。

「然後，我們的內心將會下一場永不停歇的暴雪。」

我和A身上都堆積不少雪，不論我怎麼撥開，雪水都像春天的芽般自己長出來似地累積著，累積著無形的純白憎恨，清澈卻又混濁。

「可是我依然很痛恨自己噢，明明我是最後一個可能能幫助到她的人，因為她在生命剩餘的最後幾天找上了我，我卻以為還有時間能撫平這些傷。」

「她確實在約我去福隆之後就不曾聯絡過我，我想那一天她就知道，這世界，始終沒有人能救贖她。」

「你說得對。」A望著街道的盡頭，惆悵地說。

「我想這不是我們能控制的。」我搖頭道。

「這樣想心裡上或許也好過一些。」

「不過話說，你是怎麼知道她去世的呢？我是剛好工作上和她有所接觸，才能透過關係得知這件事。」我問Ａ。

「我的情況是一隻貓告訴我的。」

「貓？」

「虎斑紋的貓，很不可思議吧？聽起來詭奇莫名，但真的是那隻虎斑紋貓告訴我的，牠說希死了，希在死前委託牠將她的死訊轉達給我。」

「那隻貓有透露牠的名字嗎？」

「沒有，你很好奇嗎？」

「一半一半。」

「你想，希人生的最後到底在想些什麼？如果她是絕望地離開，怎麼還會設想得這麼周到，縝密地判斷你會透過公司的關係得知這件事，所以不需要特別做什麼；預判我可能無法察覺到這件事，委託貓告訴我，雖然為什麼是貓我也沒頭緒。」

「因為那隻貓很厲害。」

Ａ一臉震驚地望著我，不過霎時間他便收起那份驚愕，轉而流露出安詳的面容。

「你聽起來不知道會不會覺得刺耳，但我認為，對希來說，透過自殺藉以離開這裡是最理想的。因為她已經不適合這個世界了。」

我誠懇地點點頭。

「我想，希可能是乘坐著飛碟來到這個地球的吧？因為不適應這裡，所以希冀能夠從我們身上得到什麼，否則沒辦法繼續待在地球。」

「我聽你胡扯。」A把菸捻熄，插進雪堆中。

「好可惜，如果她再撐一下，便能見證到末日般的光景。至少我認為這座泡泡糖城市對她來說應該是不錯的居住環境。」

「我們依舊很有默契嘛？我也這麼認為。不是太晚，就是太早，希說不定真的不擅選擇。」

說著說著A哭了，而且是毫不保留地痛快大哭。彷彿這十年來的沉重黑暗在這一晚一口氣被釋放，融進雪裡，直到某天融化再被無情蒸發。A一直哭，沒有停下來過。看著一個身材結實的男人在我面前潸潸流著淚，那股悶在心裡頭，哽住流動的情感似乎也不願再被壓抑，我的眼淚也潸潸滑落，就像十多年前的那晚，我們三個人在夜晚的便利商店前笑到流淚那樣的突然，那樣的神經質。

只是現在，我們的眼淚正意味著青春的告終，還有遺忘、後悔，以及最後一絲歉意。今後，我想我們不會再輕易道歉，因為沒有什麼事值得我們發自內心深深道出歉意，可以的話也不願再犯難以挽回的大錯。

半夜兩點半，台北的夜晚，下了一場暴雪。

# 五、泡泡糖城市（逃離）

## 1

「接下來你打算怎麼辦？」A問我。

半夜三點，我們倆拖著濡溼的身體來到夜深人靜的速食店，店員和店裡的客人仍沉浸在突然造訪的紛飛雪夜，視線絲毫未轉移到我們身上過。途中雪勢增強，終於形成了暴雪，再怎麼浪漫的詩人想必都會眉頭一皺，對自己該如何返程感到困擾不已。我們隨意挑選角落的座位，點了簡易的餐點後，面對面坐著望向窗外的雪景。

「我大致上擬好計畫了。」我說。

「是嗎？那我就不多過問了。但我知道你和『E』他們打算實行的事不大一樣，如果他們是正面馳騁，你肯定就是反著操盤，對吧？」

「算吧，不過說實在的，我也不知道實際會變得怎樣，走一步算一步。」

「誰不是這樣呢？不過這猛烈的雪實在令我頭疼，沒想到真的會下雪，台北從不下雪的，這叫人怎麼預防，又該怎麼應對？」A說。

「所以這便是革命最好的時機，不是嗎？」

「所言甚是。」

「為什麼口氣變得那麼文謅謅？」我不解地問。

「不知道，或許鬆一口氣了吧。對希有點過意不去，但我覺得該是時候遺忘她了。」

「她，也就是說，遺忘的事項不包含小宇對吧。」

「畢竟他還活著，我就還有時間，也還有機會。」

「真是太好了，很高興你這樣想。」我說。

「你不要在那邊一副作壁上觀的樣子，你原本應該要和我一起面對的。」

「很抱歉，我真的沒辦法，因為我不得不照計畫走，唯有這樣，才能拯救形式上的自己。如果有一天我們能再相見，我一定會親自陪你再和小宇赴約，好好道歉。」

「如果有一天我們能再相見。」A重複。「好像你要赴死了一樣。」

「抱歉，只是我也沒辦法預判未來。」

「道歉這種事這一次就夠了，我可不想陪你再一次。更何況現代社會明明就有智慧型手機，輕鬆一按就可以通話了，哪需要你所謂的有朝一日呢？」

「正因為是這種事，才沒辦法透過訊號傳遞的形式呀。如果不面對面好好談一談是不行的。」我說。

「藉口。」A偷拿幾根我的炸薯條。

A睨視著外頭的暴雪，輕聲地說：「你當時有想過我們十年後的樣子嗎？」

「怎麼可能？那時候連當下『現在』的模樣都需要努力捏造了，哪有空去想遙遠的明日呢？」

「但其實我很喜歡慎思未來，也就是空想著以後的自己該是什麼模樣，但我勢必想不到十年後會是現在這樣，我和你兩個寂寥的單身男性，坐在半夜速食店的角落，默默地望向外頭雪景。」

「只有雪的部分令人驚奇。不過原來你還是單身啊？我以為你異性緣依然不錯。」

「中間交往過幾位女性，但我或許也和希一樣，想從她們身上找尋著什麼，但都不大順利，所以感情都維持不久。說實在的，我一直都無法割捨希在我腦子記憶庫裡的氣味，那太特殊、太稀有了。」A雙手的手指頭相互交疊著，食指上還沾黏著一點薯條的胡椒鹽。

「聽起來有點變態，你知道嗎？」我有點被他的說法嚇到。

「囉嗦。」

A不悅地再拿走幾根我的薯條。

「你曾喜歡過她，為什麼呢？」我問。

「有的時候我自己也不清楚為什麼就是了，所以才心煩意亂吧。」

「總之，你正在慢慢地淡忘了吧？再次面對小宇不也是證明嗎？」

「是啊，希望我能辦到。」A說。隨後將視線再次掃向外頭。

半夜四點，接近清晨的時間，遮蔽住視線的暴雪依舊，無法從夜空中辨明太陽或者月亮的軌跡。我們打開速食店的門，同時苦惱著該怎麼度過這漫天風雪，簡直和遇到山難的登山客沒什麼兩樣，A苦笑著說。細細長長的雪裹著濃郁的白霧。彷彿要給予這座城市具有影響的沉重刺激般，風不留情地一陣一陣颳過，吹亂了我們的頭髮。

「嘿！」

「嗯？」我抬起頭，和A對望。他的雙眼和之前不大一樣，雖然依舊奪目，但變得更加炯炯有神。

「謝啦！如果今晚你沒有挨我揍順便聽我宣洩，我可能再過十年也無法下這個決定。」A對我坦誠說道。

「有夠噁心。」我雙手交叉撫摸著手臂，擺出起雞皮疙瘩的動作。「別忘了我還沒揍回去。」

「需要嗎？」A撫摸自己的右臉頰。

「算了吧，我的手也會痛。」我搖頭。「不過今晚對我來說確實也充滿意義，因為在我心中最異樣、最令人耿耿於懷的過往終於落幕，像齣戲般結束，我也能邁出下一步了。」

「希望你順利。」A伸出手。

「你也是，山威。」我握住他的手，從他的手裡傳遞出最炙熱的情感，那是當年我曾感受過，但又不那麼耿直的情感。

暴雪持續吹拂著。

## 2

「喂？」紫藍接起電話應聲。

「是我。」

「噢，你看，外頭下起暴雪了呢。就和**來亂樂團**唱的一樣噢。」

「我知道，我現在正在躲雪。」

「那可真是不妙呢。」

「妳還沒睡嗎？妳的聲音不像被我吵醒。」

「我是起床了，正準備出門上班噢。你的事都辦完了嗎？」

「是的，該處理的、該釐清的都一一化整為零了。」

「化整為零可以這樣用嗎？」

「不知道。」我聳肩，明知她看不到。

「我的簽名板上有帥氣的字跡嗎？」紫藍雀躍地問。

「當然，我本人的簽名也一併附在上頭。」我打趣地說。想不到電話另一頭陷入死亡世界渲染般的沉默。

「開玩笑的，只有『E』的簽名。」

「和我想的一樣，是玩笑呢。」

但她的語氣中仍帶有一股震懾的殺戮感。

「這場雪在妳的預料之中嗎？」

「什麼意思？」紫藍困惑地問。

「我是指，『E』他好像早就知道會下雪似的，鋪陳了一切。」

「噢，如果你要說雪是革命的一部分的話，那這潛意識上來說可能是我所預料到的。可是我怎麼樣都意想不到台北會下雪，而且是暴雪。」

「這樣講，反而算是沒有預料到吧？。」

「但至少革命或許正如火如荼地進行中。」

「因為沒有人察覺到這場雪背後的意義。」我說。

「甚至連下雪的原因都讓氣象局的人搞得焦頭爛額了吧？」紫藍事不關己地說。

「是呀，所以我準備好了。」我說。

「你的『所以』和氣象局沒有關係吧？」

「沒有，我只是想趕快切入問題核心。」

「有沒有人說過你不怎麼浪漫？」紫藍以嘲諷的口氣說。

「前女友。」

「這也難怪，你要小心點噢，這是女人心中的大忌。」

「我會牢記在心。」

「四點四十五分約在台北車站北一出口外頭吧。」

「一定要這麼趕嗎？」

「是的，如果錯過了，就不知道要再等多久了。」

我看了下手錶，已經四點十五分了，這裡距離台北車站跑步的話應該十五分鐘就可以抵達，但因為正下著暴雪，時間上可能會更緊迫，只能盡快了。幸虧我有把該帶的東西都帶出門（除了外套），等等再去便利商店買個大一點的背包便能應付（希望也有販售外套）。

「好吧，妳也趕快出門吧。雪這麼大，根本寸步難行。」

「記得一件事。」

「什麼？」

「簽名板。」

「好啦。」我說，隨即掛上電話，謹慎地在溼滑的雪白地面奔馳。

## 3

到達台北車站北一出口是四點四十分的事，我到時，紫藍已經佇立在門口，抬著頭仰望一片灰濛濛的天空，這副景象在雪天的襯托下，多了點不可思議的神話說服力。當然，暴雪仍沒停滯過。她穿著簡潔的白色棉紗襯衫及拘謹的黑色直筒長褲，全身散發出一種俐落的事務感，我想這應該是她上班的制服吧。

紫藍相當專注地看著黑暗中染著乳白色的天空，一接近她時，她這才宛如觸電般停止仰望天空，低下頭來看我。

「妳怎麼過來的？」我問。

「老樣子，我上班都搭計程車。雖然風雪下原本半夜十分鐘的車程硬是再多了十分鐘，但還是比你早到。」

「我可是用雙腳跑來的。」我擦著或許已經凍結的汗水。

「沒人逼你。」

紫藍露出嫣然一笑，隨即轉頭走進北一出口，示意我跟隨著她。踏入車站前，我用雙眼記錄著眼前的景致，台北的夜晚，下了場暴雪的場景。這可能是我最後一次這麼望著這座泡泡糖城市，一旦這麼想，莫名的懷念還有感傷便油然而生。為了斷絕這股情緒，我狠下心來別過頭，踏進車站。

接近早晨五點的車站，燈光設備都正常，彷彿和周遭相比，只有這裡還充滿著蓬勃朝氣，至少外頭被一團死寂的暴雪氣候征服著。

「邊境防衛部在台北車站裡頭嗎？」

「當然是在邊境，這裡看起來像邊境嗎？」

「不像。」我說。

「當然不像。我必須從這裡搭火車，前往邊境。」

「哪一站才算邊境？南港嗎？還是萬華？」

「都不是，我們搭的是特別的列車。」紫藍小聲地說。

「特別的列車？」

「沒錯，一般人是沒辦法搭乘的，只有我們邊境防衛部的員工才能搭乘，終點站就是邊境，身處地下的邊境。」

空蕩蕩的車站裡傳來紫藍小小聲的迴音，步伐的響亮聲則如抱怨般一同浮現。

「邊境在地下？」我驚呼。

「至少就官方的定義來說是這樣。」

「這太令人震驚了。」我說。

「確實如此。」紫藍說。

車站廣場的角落裡有幾個像是在躲雪的流浪漢橫躺在地上。我和紫藍的腳步聲仍清晰地迴盪著。車站裡的店家都拉下鐵門，除了便利商店還在營業外，這時間點的人們都尚在沉睡。

「我們有二十分鐘的時間，第一班列車會於整點發車。不對，現在剩下十五分鐘了，快點。」紫藍催促著。

「妳的意思是我必須上車嗎？」我問。

「正是如此。」

「我能上車嗎？」

「我會給你權限。只要我使用權限，你便能和我一起上車，前往邊境。」

「到了邊境之後該怎麼辦呢？」

「什麼怎麼辦？當然是跨越邊境不是嗎？」

「聽起來有點驚心動魄，我好緊張。」我坦誠。

「放心吧。不會有人追趕或是射殺你。因為我會使用權限，我不是說過了嗎？你這是合法離開，依循著正當管道。只是，」紫藍說著說著便停頓了下來。

「只是？」

「接下來該怎麼做，都全權掌握在你手上了。也就是說你的命運不再會被拘束在泡泡糖城市，而是自由的，但結果會如何便得由你自己承擔。」

「這句話不對。」

「什麼？」

「即使待在這裡，我依舊在承擔著自己所選擇的錯誤。過往的錯誤、現在的錯誤，還有後悔，我都一直在承擔著，這就是人生不是嗎？才不會因為地點的不同而有所差別。」

「你說得對。」紫藍笑著說。

「畢竟我已經進退維谷了。」

「通盤皆棄的人生不為一大享受，不愧是靈魂和我相似的人。」紫藍說。

或者說，夢遊的紫藍說。

「妳這樣一說，不就無法隱蔽妳現在是夢遊人格的狀態了嗎？」

「這句話不對。」紫藍像是回擊般說道。「難得出來透透氣，我可沒想過要隱藏自己。我一直以來都是崇尚著做自己的人生觀。」

「如果我離開邊境，這也將是妳最後一次出現對嗎？」

「完全正確，所以紫藍才會和我交換，讓我和你告別，也和自己告別，那女孩人挺好的。」

「但說到底，我和妳之間的關係到底是什麼呢？為什麼我的決定將影響妳的存在。」

「第一次和你見面時我有說過吧？我是你，你是我。」夢遊的紫藍說。

「沒錯。但我們間的聯繫是什麼？憑什麼我是妳，而妳是我呢？」

「你的問題還真多。」夢遊的紫藍嘆了口氣。

「因為現實層面上就是這麼多問題，拜託妳快回答我吧，不知道解答的感覺很痛苦。」

「你可真難搞。你不如就當作是某種靈魂出竅吧。」夢遊的紫藍頭也不回地，乘上往下的手扶梯，我緊隨在後。

「但我的靈魂究竟是哪個部分和妳相符呢？我始終搞不清楚。」
「你有聽過同時性嗎？」
「沒有。」
「那是榮格提出的理論，意思是有意義的巧合接續發生。這些巧合看似毫無關聯，卻無法排除其相同或者相似的元素。」
「妳是指我和妳之間具有這樣的元素或是理論發生嗎？」
「我只是認為，你和她在海岸邊的那一天起，同時性便在我們身上各自發生著。我們逐漸融為一體，當然是理論上的，非實質的。」
「所以妳果真是希嗎？」我不自覺地緊張了起來。
「如果以靈魂的本質來說，可能是，但純粹是靈體的殘渣而已。站在這裡的我，有超過百分之九十的部分是來自紫藍這位女孩身上。」
「紫藍和希是完全不同人的意思對嗎？」
「這當然，一位是活生生、溫熱的女孩子；另一位是冰冷冷、靜躺在棺木裡的腐爛屍體，你這樣還分不出來嗎？只是那一瞬間，有些殘渣溜了出來，竄進本質上足以令這些殘渣誤會的身體，也就是紫藍。靈魂的殘渣起初把紫藍當作是希，殊不知很快地它們便發現那是誤會，下意識地創造出我，也就是你和紫藍口中所謂的夢遊人格。」

「這是妳自己的假設嗎？」

「沒錯，到底有沒有殘渣我也不清楚，就算有，也即將灰飛煙滅了吧？」

我自忖著，然後懷有歉意地說：

「我很抱歉。」

夢遊的紫藍回頭過來，對我露出悲傷的微笑：

「拜託，不要那樣，我本來就是多餘的存在。」

我們兩人並肩著，一路往台北車站地下二樓的角落前行，這裡通常是旅客不太會去留意以及經過的場所。

「妳也曾被纏人怪帽子傢伙纏上過嗎？」我問。我想起一年多前夢遊人格所揭露和我相同的經驗。

「確實有這件事呢，但我拒絕那愚蠢的交易。」

「以妳的身分？」

「那傢伙只會在我主導身體自主權時出現在我面前，和洛夫跟那隻鳥一樣，具敏銳的直覺。」

我不禁懷疑洛夫和纏人怪帽子傢伙間的關係，會不會他們都來自外太空，被飛碟給載來呢？

「說實在的，和那樣的傢伙交易實在太詭異了，簡直像被不安好心的獸給包圍似的。」

夢遊的紫藍停了下來，前方一扇門上寫著「員工休息室D」。

「到啦，表面上是佯裝成台鐵員工的休息室，但其實背地裡是專屬我們邊境防衛部的休息室。說是休息室也不太對，正確來說是甬道。」

「甬道？」

「通往特別列車月台的通道噢。」

夢遊的紫藍語畢，取出疑似是員工證的證件往休息室大門旁的機器過刷，機器隨即透出綠色光芒並發出兩聲嗶聲，夢遊的紫藍聞聲便將大門把手轉開，向裡頭走了進去。

裡頭一片黑，夢遊的紫藍使用手機手電筒照向前方，休息室裡頭空無一物的模樣在微弱的光照下一覽無遺。她審慎地向前邁進，我則膽戰心驚地瞻前顧後，緩慢向前。

「快點，剩五分鐘了。」光源下能看出夢遊的紫藍正確認著左手上手錶的時間。

休息室裡頭的黑暗無限延伸，果然正如她所說的是「甬道」。不會到寸步難行的地步，甚至可以說一路暢通，只是視線暗了點，空氣也異常稀薄。但不用多久，強韌的光線便從盡頭不遠處的縫隙流洩出來。

「到了。」夢遊的紫藍說。

她推開像是牆壁，但其實是門的出口，明亮寬敞的月台便這麼毫無保留地映入眼簾。這個月台依舊空無一人，沒有人動靜的氣息。以月台的位置來說，這道門是位在一片水泥牆面上，如蟲子附著在茂盛綠葉般低調、卑微。

總共有兩個月台，另一個月台在視線可捕捉的對向聳立著。如果這裡是去程，那返程應該會在另一個月台下車吧？我問紫藍。她則以不太能觀察到的角度輕微地點頭。

我們沿著月台散步。說散步好像有點形容上的瑕疵，因為夢遊的紫藍人格以接近快走的速度向前，明明列車尚未到站。

「這裡就是這樣的一個地方，除非是通勤前往邊境的事務員，否則平常是不會有員工出入的。

「還有其他員工會搭乘列車嗎？」

「這時間以往都只有我一個人。放心吧，我已經申請你的權限了，你被授權可以駐足在月台，甚至可以搭乘列車。」

「雖然如此機密的地方感覺很難被人察覺到，可是真的不曾有外人闖入過嗎？」

「從我任職的這幾年下來，從未見別有他心的闖入者入侵過。」

「因為妳們的存在就像祕密嗎？」

「我們的存在可是公開的事實，只是這裡是一般人沒辦法前來的，不是權限上的問題，而是就根本上的意識來說，他們不屬於也不被劃分在這裡，所以無論如何一般人都無法找到這個月台，更不用說入侵——那簡直是天方夜譚。」

我點頭，但其實我完全聽不懂。說實在的，我分不清特別月台和一般月台的差異性，兩者都是被偏橘黃的燈光照射著；幾張藍色的座椅孤零零地靜置在月台中央，看起來生硬而冰冷的鐵軌在月台下橫躺，靜靜地等候著列車的到來。不同的是，這裡的跑馬燈上一片黑，沒有顯示接下來的車次，安靜到不可思議的地步也是「正常」的月台所不可能發生的。

「來了。」夢遊的紫藍高呼。

我探頭一瞧，月台漆黑的盡頭那端，正閃爍著綻放的光芒，搭過火車的人都知道，那是列車進站時最直接顯現的暗示。地上的顯示燈閃爍著和正常月台相同的到站提示紅光，但跑馬燈仍舊沒有反應，可能壞了，可能不需要。列車慢慢靠站，銀白色的車身還有俐落的線條感，都是我不曾見過的列車，就像國外著名的子彈列車外型那樣的氣勢滂薄。

即使只有兩位乘客，列車依舊按照每節車廂的位置，準時、準確地停靠。

「剩下一分鐘，真驚險，快上車吧。」夢遊的紫藍語氣輕快地先行踏上列車。

我站在月台前，瞥向我們適才的來向。不顯眼地黏著在牆上的門裡頭，是我回不去的過往，還有陳舊的記憶以及悔恨，但同時也潛藏著未來的光芒，還有不得不點燃的革命燈火。

「噢，對。我有點失職了，不得不提醒你，一上這台列車後，就沒有挽回的機會了噢。這是單程車票，無法載你回來的。如果後悔了就趕緊回頭，只是從今往後我和你就不再會有瓜葛。」

「為什麼？我指的是我回頭的代價和妳又有什麼關係呢？」

「我只是這麼認為而已。當你踏進這裡的那一刻，我還有紫藍都將和你劃清界線，要說原因的話，就是你的決定本身具有震撼的破壞力吧？所以你搭上列車不消說，我勢必是會消失的。除非革命真的成功，導致泡泡糖城市消失，否則你將再也見不到紫藍，這毫無疑問。如果你落荒而逃的話，你可能也無法再聯絡到紫藍了吧？一方面單純是我的預感而已；另一方面，她確實也不能再為你提供協助了，因為權限已經用畢，不管你有沒有搭上列車，已成定局。而我，我想我依然會消失吧？但老樣子，只是預感，單純的預感。」

「總覺得妳告訴我的答案十件有九件都是預感。」我聳肩，輕笑著說。

「就是這樣才有可看性呀，而且預感這種東西總給人一種希望，不覺得嗎？因為是類似徵兆之類的迷信，所以撇除了一些強硬的感覺賦予在上頭，這樣子至少還有轉圜的餘地。」

「我真希望我能有使用這個餘地的時候。」

突然間月台的各處響起了刺耳的鈴聲，那是我剩餘時間的告終，也是最後的倒數計時。

「會的。門要關了，要不要上車？」夢遊的紫藍加快語氣，緊迫地問。

我望向那道門最後一眼。

「再見了，泡泡糖城市。」我說。我做出最後的告別，踏上列車。

一上車，門便迅速地關上，彷彿列車長正密切著注意著我的行動，看準時機按下按鈕，真貼心。

「車上空蕩蕩的，隨你坐。」

「多久會抵達呢？終點站。」

「五分鐘而已，很快吧？列車在地下馳騁，可是不受到暴雪影響噢。」夢遊的紫藍挑了中間排的座位坐下，並示意著我坐在她旁邊的空位。

列車沒有太長的等候時間，很快地便向前一晃，往終點站邁進。

「這座城市究竟會變得怎麼樣呢？」我在列車運行速度穩定的時候，問向一旁歪著頭倚靠著車窗的夢遊人格。

疑問就這麼被拋向空曠的列車車廂，但是否是針對夢遊的紫藍提問呢？我也不大清楚。

「不管怎麼樣，裡頭真正的紫藍肯定還是會繼續像個齒輪般運作著，她和我不一樣，需要依靠忙碌讓自己忘卻傷痛。」

「代我向她問好，並且告訴她，謝謝她的幫忙。」

「她都聽得到，不需要轉達。」

「是嗎？那可真是尷尬。不過不論是妳，還是她，對我來說都是重要的幫手。」

「包含洛夫嗎？」她打趣地說道。

「妳是怎麼認識牠的？打從六年前嗎？」

「或許是在更久遠的光陰吧。」夢遊的紫藍淡淡地說。「但不是我的記憶，而是承襲著希的記憶，牠只是利用這個因果關係的便利性。一切都是偶然嗎？我不敢保證。」

「這也是妳的推斷嗎？」

「百分之五十左右。」

我們面面相覷，然後不約而同地笑了。

「妳剛才問我準備好了沒有，那妳呢？隨時都做好準備迎接消失嗎？」

「蠢蛋，那怎麼可能？消失可是一件很光怪陸離的事，好端端的我會就這樣人間蒸發嗎？這種莫名感太強烈，始終無法從我腦裡揮之而去。」

「但卻還是接受了。」

「你可以解釋成不得不接受。我的靈魂隨意又索性地出現，那理當隨意又索性地消失，也算是有始有終吧？」

「回歸到應該去的地方。」我說。

「什麼？」夢遊的紫藍露出無法理解的神情，雙眼直視著我。

「我說你的靈魂只是回歸到應該前往的場所罷了。」

「潮溼的棺木？」

「我想可以用極樂淨土來替代妳那有點過於露骨的形容。」

「你那算是什麼宗教性的理論？說到底，消失的那一刻就如同死亡吧？剎那間化為虛無，什麼都感受不到了，不再有感覺。」

「可能是那樣。」我說。

「你說，遺忘會是解藥嗎？」

「對誰來說？」我問。

「對誰都是。」

「不知道。」

「也是，沒有人能夠真正判斷出這世界的一切。不論終局是好是壞，有些人總永遠不會有所改變，仍依循著過往的模式生活著。我也無法精準說明這是否是妥當的，反正船到橋頭自然直嘛。更何況我將消失了。」

我再次望向她，她依舊流露出那個嘗試收起悲傷，但又不那麼順遂的笑容。

「不要和我道歉噢，我可不想聽這個。我寧願你多說些謝謝的話，這樣的男性比較受女性歡迎。」

「謝謝。還有，不要一副我好像很沒異性緣的口氣。」我說。

「那可真是抱歉。」

「啊，對了。」我從進車站時迅速買好的後背包裡拿出簽名板。「紫藍要的。」

夢遊的人格接下簽名板，她往上頭一瞥，沒興趣地將之收進她的手提包裡。

「謝啦，她很感激。不過我不懂這有什麼好的。」

列車穩定運行著，再過不久，我的嶄新人生也將開啟。應該會開啟吧？至少我將會離開這座城市，前往下一座封閉的城市。縱使到哪都是封閉著的狀態，但無論如何我都想離開這黑暗又冰冷的死絕地底隧道，穿梭到光影交互下如水彩般塗染的蔚藍大海。我想一睹希最後見證的光景，她在最後一刻是懷抱著什麼樣的心情呢？

或許山威成功地將希遺忘了，但我卻做不到。我沒辦法，因為所有的巧合都正著急地將這件事實傳遞給我：我必須面對。這是我應該做的。

「終點站要到了。我會帶你前往地下的邊境，其實那是一條明亮的通道，只要順著指標走，就能穿越邊境了。」

列車沒有任何到站廣播，只是和緩地、不迫地停下。是我的錯覺嗎？我甚至沒有聽到一絲列車上機械運作的聲響，一絲都沒有。我和夢遊的紫藍一前一後下了列車，迎接我們的是狹窄的月台，相同的是沒有任何聲音，沒有任何氣味，沒有任何氣息，靜謐的月台。這裡只有一座月台以及兩旁各一條的鐵軌。鐵軌不外乎仍是那冰冷冷的模樣，讓人一看便覺得厭惡。

我們不發一語地沿著月台走，一路上經過了空曠的座位還有階梯，明明不會那麼多人在這裡候車，為什麼要設置如此數量的座位呢？

「階梯往上走，就是邊境嗎？」

「沒錯噢，但我建議你不要對邊境感到好奇，你的權限可沒有包含邊境參觀之旅。」

「我會銘記在心。」我說。

月台的盡頭有一扇白色的門靜靜地附著在牆上，和剛才在台北車站看到了那扇門的外觀一模一樣，想必這扇門也會通往到外頭吧？邊境的另一端。

「就是這裡了。你要做的事很簡單，打開門，筆直地往前進。沿路會看到很多城市的指標，記得，你只能選擇一次，往自己有興趣的城市走吧。可能會連通到某下水道水路，於是你會從一些很奇怪的地方探出頭，記得注意當下附近有沒有人，默默地將水溝蓋蓋上，佯裝路過。雖然就目前的局勢來說不論到哪都一樣，都是封閉的城市。」

「很快就會有所變化了，這個世界。我們種下了種子，接下來就等它萌芽。改變已經深植在這座城市裡頭，那股波瀾遲早會把妳我捲入，妳相信嗎？」

「我相信。」夢遊的紫藍說。她的表情相當安然，不像即將消失的樣子。

「謝謝。」我低下頭，望著白色的門說。

「嘿！」

「什麼？」

我抬起頭，回過頭瞥向紫藍的夢遊人格，她無預警地將嘴唇靠了上來，親吻我的嘴唇。我第一時間嚇得往後退，無法意識到發生什麼事，只能愣著看向眼前泛著淚的夢遊人格。

「再見了，也對不起。」夢遊人格微笑著對我說。

在我眼前的無疑是夢遊的紫藍沒錯，可是剎那間卻又覺得她是希。就是那位隱蔽著孤獨，讓我的高中生涯充滿風雨的女孩；同時也在畢業多年後和我在福隆海邊戲水，一起到汽車旅館纏綿，不久後於福隆海邊自殺的女人。她的存在即使實際上只占據我人生中的幾載，卻影響著我往後的形狀。她以她的方式，給予我們青春時期洋溢的快樂；卻也以最沉重的手段，讓我和山威、小宇不得不直面自我，時而被吞噬，時而被粉碎。

但他們都會勇敢站起來好好面對吧？當然我也是。

總之我想，剛才希確實和我好好道別了。而我，也該好好和堆積灰塵的陳舊自我告別了。

# 終章

現代社會要聆聽音樂真的很方便，只要透過筆電或桌電，將收錄在ＣＤ裡的歌曲串流到智慧型手機的 APP 裡，我們便能隨身攜帶著聽。當然，還是有不少人會收藏隨身聽、ＭＰ３這種被時代淘汰的機器，而我們現在常使用的ＣＤ播放器有朝一日也會步上那樣的後塵吧？不過就像唱盤也從五〇年代的熱潮中復甦，如今變成樂迷沉浸音樂的奢侈選項一樣，那些晚一步被封塵的機械，或許某一天也會如兵馬俑出土般，從倉庫裡重見天日吧？我樂觀其成。對於熱愛音樂的人們來說，不論方式為何，只要能愉悅地享受在其中，管他是復古風潮還是流行文化，都舉雙手贊成。

我一邊想著這些瑣碎的小事，一邊沉浸在土岐麻子的《PINK》。這張專輯的爵士味比較淡薄，整體編曲偏向以電子素材去填滿，但依然將 CITY POP 的風味完美呈現。我還是會聽《PASSION BLUE》，但我已經不在那座泡泡糖城市裡，已經不需要透過〈Bubble Gum Town〉來找尋自己。

明天這座城市會落入誰的手中
打發時間般的泡泡糖
品嚐吧
直到失去味道為止

洗滌我靈魂的不是這些歌曲，而是透過這些如鏡子般的歌曲所反射出的自我。

突然間音樂的播放被中斷，智慧型手機發出劇烈的震動。我拿起手機查看螢幕，原來是紫藍打來了。

「嗨。」我說。

「唷！你那邊如何？」紫藍朝氣蓬勃的聲音從另一頭傳遞過來。

「什麼如何？」我問。

「看海了嗎？」

「還沒，我還在區間車上。」

區間車緩慢地往目的地移動著，彷彿我緊張的心情般，沿路搖搖晃晃的。機械運轉的聲音也相當明顯而粗糙，和那台毫無聲音的子彈列車相比簡直南轅北轍。這樣一想便令我不禁懷疑，究竟從那條甬道開始，直到那無人的月台以及流線外型的列車會不會都是一場劇場般的夢境呢？由夢遊的紫藍無意識間所帶給我的夢。

不過不可能，如果那是夢，我就不會這麼肆無忌憚地跨越邊境。縱使這些現象都正逐漸地瓦解中。

「我聽見了，區間車運轉的聲音。」紫藍說。

「還要幾站才會到噢。」我說。

「到海邊首先第一件事是什麼呢？」

「看海吧。」

「就這樣？」從她的口氣給人一種「這麼大費周章只為了看海？」的感覺。

「看完再說，首先必須好好捕捉眼底所收納進來的海景。」

「然後呢？沒了嗎？」

「我現在還沒想到。」我羞愧地說。

紫藍先是在電話另一頭笑了好久。「你如此拼命地下決心離開泡泡糖城市，想不到完全沒有制定一個周詳的計畫。」

「我又不是要犯罪，哪有必要去想什麼計畫？」

「這倒也是。話說你想知道暴雪的後續嗎？」

「妳說吧。」

當我跨越邊境後才發現，暴雪確實僅在台北刮起，難道我曾待過的那座城市，其實是一切混亂的中心？

「我必須說，暴雪只下了兩天就停歇了，比預期的快對嗎？」

「畢竟我們經歷過兩個月的暴雨。」

「對，那真是糟糕透頂，幸虧暴雪只肆虐兩天，否則傷亡會很慘重。」

「我可不想因為革命而造就如此慘劇。」

「說到革命，你想聽聽現況嗎？雖然有點混亂。」

我沉思了半晌後說：

「沒關係，有關革命的事先這樣就好，那不是我現在該關注的事。」

「好吧，總之雖然沒有如你想像得那麼瘋狂，但至少事態或許可以稱作往好的方向發展。」

「這件事需要時間。」我說。

「撫平傷痛確實需要足夠的時間。」

「在那之後，夢遊的人格就消逝了嗎？」

「對噢，如我所想得那樣，你一離開邊境的剎那，我內心的一切便恢復平靜了。別擔心，我也有好好和她告別，雖然我不喜歡人格分裂的感覺，但要分離之際卻忽然感到一陣寂寞，真是可笑。」

「這代表我們都是凡人。」我說。

「平凡才好。怎麼？你很難過嗎？畢竟她奪走了你的初吻。」

「那才不是我的初吻，我的初吻早在高中就沒了，如泡沫一樣。」

「這種事不要那麼認真地反駁啦，聽起來很可憐耶。」紫藍止不住笑意地繼續嘲笑我。

「囉嗦。抱歉啦，實質上也是妳的吻。」

「別提醒我這件事。」紫藍立刻將笑聲停下，口氣變得生硬、冰冷。

區間車中途靠站而停下，距離福隆只剩兩站。

「嘿，如果邊境被瓦解了，我就去找你。」紫藍說。

「噢？原來妳也想逃離邊境嗎？那一開始妳大可不必把權限讓給我。」

「不是的，如果憑藉著權限離開泡泡糖城市，我依然是孤獨的，而且我還有工作。可是如果世界的規則及走向基於某些因素變了調，導致邊境間的限制被破壞的話，我等於變相被解雇了對吧？那時候我就自由了，不管是心靈層面還是形式上都是。而且有你這個先驅者在，比起我自己使用權限，我更可以找你一起看海，不再是孑然一身。」紫藍溫柔地說。

「真是溫暖的提案。」

「何嘗不讓世間再溫暖一些呢？」

「那倒也不錯，期待那一天。」

「很快的，你相信嗎？」紫藍問我，帶有肯定的口氣詢問。

「我相信。」我說，誠懇地說。

我沒有刻意於網路上去搜尋**來亂樂團**團員在革命行動中的後續。「E」也說，他們的目的不在於參與革命本身，而是在潛移默化下去點燃那股業火，事實上他們也成功了，無法否認。透過邊境限制我們的究竟是誰呢？這件事情報章雜誌上討論得喋喋不休，但人們始終沒有解答。我們就像是被操控的沙盒世界，和看不見的勢力對抗。能夠讓全世界每座城市都陷入這種局面的絕非單一國家政府能限制的，那難道是外星生物嗎？還是某種無法解釋的現像呢？亦或是回歸於本質的——人心呢？無論如何，要和這些阻力作戰不是我該煩心的事，也不是**來亂樂團**要去擔憂的事。說到底，〈下了一場暴雪〉真正的含義和革命完全沒有關係，那是在「E」等團員們的操弄下，人們所產生的誤解。如果不是因為被這座封閉的城市給壓抑著，在聆聽這首歌曲時根本不會產生這樣的誤會，因此這場革命是對那無形力量最直接的反擊。

〈下了一場暴雪〉的歌詞內容終究是透過山威之口所闡述的青春過往，從那一點如裂痕般逐漸擴大的過錯，藉以擴散成偌大的悔恨及遺憾，甚至造就了難以挽回的悲劇。但正如山威所說，那不能被歸咎於誰的錯，因為我們每個人都做了錯誤的選擇，僅是各自承擔而已。不過真的用這樣的解釋，就能撇除我自己的罪過嗎？

我依然不知道。

「小弟來遲了。」

區間車運行中，突然有人走到我面前和我搭話。

我的天，我驚呼。

竟然是纏人怪帽子傢伙。消失許久的他，在這不合宜的時間點、不合宜的地點現身。他頭頂上仍戴著不合宜的魔術帽，以及細心照料的西裝。噢，對了，還有那狡猾象徵的八字鬍。同樣不變的還有時間之流的止息，這是纏人怪帽子傢伙出現時會伴隨的現象。

「小弟可是帶來了您的要求——從眼淚提煉出的絲綢所製成的西裝。」

是噢，辛苦你了，我說。

「怎麼了，您好像不是很滿意，難道有什麼部分出了紕漏嗎？」

沒有，我說。

「那我們就趕快來進行交易吧。您提供您的『喜怒哀』，我們則提供……咦？」

是吧？正如你現在所看到的，我已經離開了那座城市，沒有任何必要去和你或你口中「背地裡的上層」進行交易。事實擺在眼前，我們正在一輛運行中的區間車上，而這輛區間車正是我離開泡泡糖城市的證明，我說。

區間車的時間流動也是停滯的，所以目前不在運行中的狀態。

「真是太令我詫異了，我是說，真是太令小弟詫異了。想不到您已經辦到這不可能的事了嗎？小弟可沒有諷刺的意思，只是一時之間太過於震驚，導致連敬語都忘記使用，真是太失敬了。我完全沒意識到我在那座城市之外的區間車上啊。哎呀，我又忘記敬語了，您看，小弟有多麼驚訝，可由此得知。」

很抱歉，讓你辛辛苦苦地找到這套西裝，說實在的，我也不知道從人類眼淚裡提煉出來的絲綢是怎麼一回事，但你可以找尋到便表示你真的挺有兩下子的。

「這當然，小弟可不是來過過水、吸取經驗的，這種事只要用力地、拼命地追尋，便有辦法取得，就像是孩童掬水般，總是會希望水不要從手的縫隙裡頭流出來，小弟當然也是抱持著這股精神，來達成和人們間的交易。不過很可惜，現在這局面小弟似乎也無法再提供給您誘人的條件了，如您所述，這筆交易似乎得破局了。」

那這套西裝該怎麼辦？我問。

「我會去找尋下一個交易目標，這套西裝就當作是贈品吧？別看它外表看似普通，但卻把雋永給縫製進去了，是稀有的珍寶。」

雋永？我重複著這關鍵的詞彙。

「是的，很可惜，如果無法提供給您超越離開那座城市等值的條件，這套西裝便沒有意義了，對嗎？」

我想是吧？我說。

「再會了，希望有緣能再交易。」

想不到先前如此死纏爛打的纏人怪帽子傢伙竟然會果斷地放棄，他垂頭喪氣地走向下一節車廂，消失在區間車的盡頭。而時間的流動則恢復原樣。現在回想起來，我依然基於某些緣故，無法看見他的眼睛，這是為什麼呢？

福隆站到了，區間車的車門應聲開啟，下車的同時還能聞到機械的油味，這才是正常的火車該散發出的味道吧，我想。

我還是搞不懂剛才發生了什麼光怪陸離的異事。但總之，我和纏人怪帽子傢伙的孽緣就這麼終結了吧？

不過話說回來，應該沒什麼人會來到冬天的福隆吧？所以希才會選擇在冬天的福隆結束掉自己的性命。這樣一想，腳步便如石頭般鈍重，明明這一趟就是要讓我定下心來正視這件事實，並試圖遺忘的，看來不是那麼容易。

我一路上沒有迷惘地走向海邊。縱然我以為避開了八月的酷暑會舒服許多，可是迎面而來的海風卻使得我更加寸步難行。

好像有什麼正蠢動著，希望是我想多了。

便當店、泳具店、拉下鐵門的紀念品店。總覺得這裡的景致幾年下來都沒什麼變，如一幅業餘畫家筆下的淒慘畫作般乏味，沒有什麼令人驚豔之處，卻也說不出幾個值得大肆批評的缺點。

「可真是懷念。」

我將目光轉向聲音的源頭，驚覺洛夫在我身旁。牠和我第一次見到牠時一樣，穿著整齊的正裝，並且像個人類似地站立行走。

「是你啊。」我說。

「正是我，大名鼎鼎的名偵探洛夫。」洛夫說。

「打從一開始你看到那張相片時，就知道所有事情的來龍去脈了嗎？」

「我可沒那麼厲害。我並不知道你會做出什麼樣的決定。」

「是嗎？」我深思。

「話說阿奎德索爾斯可是嚇了一跳。」

「誰？」

「我的助手呀，那隻黑色的八哥。」

「我不知道那是什麼品種的鳥，阿奎德索爾斯是牠的名字？」

「很難唸對吧？牠說想不到真的下起暴雪了，真是令牠意料之外。」

「確實我有問過牠這件事。原來牠叫阿奎德索爾斯。」

我思索著那一晚的問答，以及洛夫到底從何而來。

「您就別問我我究竟從哪裡來，又是如何跨越邊境的吧。這問題不實際也不有趣。」

「我其實沒特別想問。」

「因為木已成舟？」

「木已成舟了。」

「那就好，過於拘泥於小細節，會讓人痛苦難耐。」洛夫輕鬆寫意地說。

沙灘因為季節的緣故被封鎖了起來，一望無際的藍海盡收眼底。天不算澈藍，反而有點染上模糊的灰，給人一種陰沉的印象。

原來這就是當年希所記錄到的最後光景嗎？這麼一想便覺得不勝唏噓，因為實在稱不上是美景。

「你也對這片風景感到懷念嗎？」我問洛夫。

「多多少少，雖然不是什麼好回憶。」洛夫說。

「我也是，來到這裡便覺得很傷心。」

「真剛好，我也覺得很難過呢，沒有什麼比故地重遊然人事已非而更使人深感悲壯的了。」

「你是貓。」

「我說過了，不要拘泥小節。」洛夫沒看向我，雙眼仍聚焦在海上。

「就讓心事，被飛碟載走吧。」我說。

「就讓心事，被飛碟載走吧。」洛夫跟著我複誦。而我覺得牠像是在和希說。

我們一人一貓站在岸邊一齊賞海著。平靜的海面彷彿揚起熱氣，形成不思議的海市蜃樓。不時能瞥見魚的身影躍出海面，但都只是一瞬間。我們持續望著遠方，我不知道為什麼我會和一隻會說人話的虎斑紋偵探貓一同沉浸在一股難以名狀的悲傷中，但至少此時有牠的陪伴，讓我或多或少感到一些欣慰。

嘿，希。可不是只有我正憑弔著妳，還有洛夫也是。山威正努力接觸小宇，我深信有朝一日他們倆會一同來看妳，和妳談談當年我們在暗夜公園裡的回憶吧？妳可能不知道那時候我們三個人後來在靜謐的便利商店前笑得無法自拔，妳一定也很想親眼見證我們當時蠢到有剩的表情吧？若真有那一天，我也希望可以和他們一起來，有幸的話再介紹一位和妳長得一模一樣的女性，雖然妳的靈魂殘渣可能已經見過了。

不過很遺憾也很抱歉，我們只能透過憂愁的海來回憶著妳。

一陣強風將沙灘上的砂礫硬生生吹起，強韌的風讓我們站不穩腳步，差點踉蹌地跌到粗糙的沙灘上。湧浪捲起，浪花閃爍著，然後波光又被拖回深黑的海底。就在一瞬間，轉眼即逝的浪裡頭好像有什麼如影子般墨黑的東西竄動著，宛如枯花凋零似的瞬間漂浮在我和洛夫的視線中央。

我深深吸了一口氣，緊接著問洛夫：

「你覺得那是什麼？」

「我想，是美人魚吧？」虎斑紋貓的洛夫笑著說。

《泡泡糖城市》　完

釀冒險76　PG2906

# 泡泡糖城市

| | |
|---|---|
| 作　　者 | Eckes |
| 責任編輯 | 劉芮瑜、紀冠宇 |
| 圖文排版 | 黃莉珊 |
| 封面設計 | 王嵩賀 |
| 出版策劃 | 釀出版 |
| 製作發行 | 秀威資訊科技股份有限公司<br>114 台北市內湖區瑞光路76巷65號1樓<br>電話：+886-2-2796-3638　傳真：+886-2-2796-1377<br>服務信箱：service@showwe.com.tw<br>http://www.showwe.com.tw |
| 郵政劃撥 | 19563868　戶名：秀威資訊科技股份有限公司 |
| 展售門市 | 國家書店【松江門市】<br>104 台北市中山區松江路209號1樓<br>電話：+886-2-2518-0207　傳真：+886-2-2518-0778 |
| 網路訂購 | 秀威網路書店：https://store.showwe.tw<br>國家網路書店：https://www.govbooks.com.tw |
| 法律顧問 | 毛國樑　律師 |
| 總 經 銷 | 聯合發行股份有限公司<br>231新北市新店區寶橋路235巷6弄6號4F<br>電話：+886-2-2917-8022　傳真：+886-2-2915-6275 |
| 出版日期 | 2023年10月　BOD一版 |
| 定　　價 | 290元 |



讀者回函卡

**Printed in Taiwan**

國家圖書館出版品預行編目

泡泡糖城市 / Ecke s著. -- 一版. -- 臺北市：
釀出版, 2023.10
面； 公分. -- (釀冒險；76)
BOD版
ISBN 978-986-445-855-4(平裝)

863.57 112013657